文春文庫

騒乱前夜

酔いどれ小籐次（六）決定版

佐伯泰英

文藝春秋

目次

主な登場人物

赤目小籐次（あかめことうじ）	元豊後森藩江戸下屋敷の厩番。藩主の恥辱を雪ぐため藩を辞し、大名四家の大名行列を襲って御鑓先を奪い取る騒ぎを起こす（御鑓拝借）。来島水軍流の達人にして、無類の酒好き
久留島通嘉（くるしまみちひろ）	豊後森藩藩主
高堂伍平	豊後森藩下屋敷用人。小籐次の元上司
久慈屋昌右衛門	芝口橋北詰めに店を構える紙問屋の主
観右衛門	久慈屋の大番頭
浩介	久慈屋の手代
国三	久慈屋の小僧
お花	久慈屋が新しく雇った女中。死んだ父の松蔵は久慈屋の元番頭
秀次	南町奉行所の岡っ引き。難波橋の親分
新兵衛	久慈屋の家作である長屋の差配だったが惚けが進んでいる
お麻	新兵衛の娘。亭主は錺職人の桂三郎、娘はお夕

勝五郎　新兵衛長屋に暮らす、小籐次の隣人。読売屋の下請け版木職人。女房はおきみ

うづ　平井村から舟で深川蛤町裏河岸に通う野菜売り

徳川斉脩　水戸藩藩主

間宮林蔵　伊能忠敬の測量隊の一員。幕府天文方

太田拾右衛門　水戸藩小姓頭

太田静太郎　太田拾右衛門の息子

太田左門　水戸藩国家老

須藤平八郎　赤穂藩中老・新渡戸白堂が雇った刺客

騒乱前夜

酔いどれ小籐次㈥決定版

第一章　消えたお花

一

文政元年（一八一八）七月の一夜、赤目小籐次(あかめことうじ)は徹夜をした。

この年、文化十五年は四月二十二日に改元され、文政と変わっていた。だが、徹夜は改元となんの関わりもない。

小籐次は孫六兼元(まごろくかねもと)をわがものにするという僥倖(ぎょうこう)を得た。

芝神明の大宮司がからむ殺人騒ぎを始末した礼にと、大宮司から神明社所有の兼元を贈られたのだ。

長屋住まいの小籐次には分不相応と承知はしていた。だが、孫六兼元の美しさに一目惚(ぼ)れし、自ら研ぎをかけることを決意した。

研ぎの大半は霊山高尾山の琵琶(びわ)滝の研ぎ場で行われた。だが、最後の研ぎを残す段階で孫六兼元は姿を消した。

御鑓(おやり)拝借の酔いどれ小籐次こと赤目小籐次を討って手柄を立て、さる大名家に召し抱えられようと企(たくら)んだ剣客、佃埜(つくだの)一円入道定道の仕業(しわざ)であった。

佃埜一円とは芝口河岸(かし)で雌雄を決し、兼元を取り戻した。

霊山高尾山で穢(けが)れを研ぎとった兼元であった。

一時(いっとき)とはいえ邪(よこしま)な剣客の手中にあった兼元を、再び仕上げ研ぎを兼ねて浄めようと、数日前から長屋に籠(こも)っていた。

仕上げ研ぎとは、兼元にやわらかく地艶砥(じづやど)を与え、かつ刃文を研ぐ刃艶砥(はづやど)を行うことだ。

地艶砥は、鳴滝砥(なるたきど)を薄くした片で研ぎ、地肌を整えた。

刃艶砥は、紙のように薄く削った内曇砥(うちぐもりど)で刃文を出した。

一度、高尾山の研ぎ場で終えていた工程だが、一円入道の手にあったことを考え、研ぎ直したのである。

孫六兼元は拭(ぬぐ)いの工程だけを残していた。

拭い作業とは、刀身に光沢を与え、刃の終極の美を導き出すことだ。そのためには、粉末にした酸化鉄を丁子油に混ぜて吉野紙で漉したもので拭う、金肌拭いを行う。さらに刃を白く仕上げる刃取りの後、棟と鎬地に丸い鉄棒で磨きをかけた。

この磨きは刀独特の黒い光沢を出すために行う。

すべて先人の研ぎ師たちが辛苦辛労して編み出した技だった。

最後に残されたのが、

「ナルメ」

と称する工程だ。

その作業のために徹夜したところだ。

刀の帽子（鋒）を研磨し、横手筋を切って研ぎのすべては終わった。

刀身を白木の鞘に戻した。

小籐次は研ぎのために工夫して拵えた行灯の灯りを吹き消した。

朝の光が格子窓の隙間から差し込んできた。

小籐次は清々しい気持ちで作業場を片付け、格子窓を開けた。

朝餉の仕度をするかと米櫃を覗いた。底にかさこそと一回分にも満たないものしか残っていなかった。

孫六兼元の研ぎのために砥石数種を購い、貯えの金子も底を突いていた。

(飯どころではないぞ。稼ぎが先じゃぞ)

と少しばかり小籐次は焦った。だが、

(腹が減っては戦もできぬ)

と考え直し、米櫃の米を釜に移した。

手拭を腰にぶら下げ、長屋の井戸端に行った。すると勝五郎が厠から出てきて、

「ふーうっ、寒いし眠いぜ」

と継ぎの当たった単衣の襟に首を竦めた。

「勝五郎どのも夜明かしをなされたか」

「このところ世は事もなし。版木彫りの急ぎ仕事も舞い込まないや」

と欠伸をした勝五郎が、

「新兵衛さんのせいだよ」

と木戸を睨んだ。

新兵衛はこの長屋の差配だった。だが、だんだんと惚けが進行して、近頃では自分の名前も住まいも分らなくなり、時に町内を離れて遠くまで徘徊するようになった。そこで長屋を所有する久慈屋では、錺職人桂三郎と一緒になった娘のお

麻と孫のお夕の一家を呼び戻し、新兵衛と一緒に暮らしながら一家で長屋の差配を続けることを許した。

「寝入りばな、新兵衛さんが木戸口に出てきて大声で歌うもんだから、長屋じゅうが起きちまってさ。あの騒ぎを酔いどれの旦那は知らないのかえ」

「そのようなことがあったか。つい研ぎ仕事に熱中しておって気付かなかった」

「新兵衛さんの惚けぶりもますますひどくなるぜ。お麻ちゃんの我慢もいつまでもつかねえ」

と言い残して部屋に戻っていった。

勝五郎は居職だ。仕事がないとなれば二度寝をする気か。

小籐次は井戸端で顔を洗って目を覚まし、米を研いだ。

「寒くなったねえ」

今度は勝五郎の女房のおきみが釜を抱えて井戸端に姿を見せた。

「おきみさん、漬物はないか。米はなんとか残っておるが、朝餉の菜がなにもない」

「大根の漬物があるよ。ちょいと漬けが浅いが、ないよりましだろう」

「頂戴に参る」

「届けるよ」

と答えたおきみが、

「えらく根を詰めて仕事をしていたじゃないか。稼ぎ仕事かえ」

「そうではない。自分の刀を研いだのでな、一銭にもならぬ。貯えも米も底を突いて、いささか慌てておる。本日から精々日銭仕事に励むとしよう」

「それがいいよ」

小籐次は釜を抱えて部屋に戻り、竈に枯れた杉の葉と小割を積んで火を点けた。

（ともかく、当座の銭がいるな）

となると、深川蛤町裏河岸界隈の馴染みを廻り仕事を貰おうと、その日の行動を決めた。

火加減を調整しながら飯を炊いているとおきみが、

「旦那、昨夜の残りものだけど、どうだい」

と小鰯の煮付けと大根の浅漬け、それに味噌汁まで盆に載せて運んできてくれた。

「これは思いがけなくも馳走にあずかる。朝からお大尽にでもなった気分じゃな」

「鰯に大根に味噌汁で大尽気分だと。旦那も安上がりにできてるね」

「なにしろ貧乏大名家の下屋敷の厩番だ。贅沢には慣れておらぬ」

赤目家は代々豊後森藩久留島家一万二千五百石の徒士で役職は厩番、俸給は年季奉公の女中より安い三両一人扶持の身分だった。その奉公を自ら辞め、町家暮らしがようやく板についたところだ。

「あんまり自慢になることっちゃないよ」

「そうかのう。ともかく有難く頂戴し、稼いだらなんぞお返し致そう」

「当てにしないで待ってるよ」

湯気が立つ味噌汁の具は蜆だった。

小籐次は飯も炊きあがらぬうちに味噌汁を啜った。

「うまい、美味いのう」

満足げに独り言ちた。

蜆の身を食べ、殻まで啜り終えたところで飯が炊き上がった。

小鰯は頭から食べられた。熱々の飯に小鰯をのせて一緒に掻き込んだ。

「朝から贅沢をして罰が当たらぬか」

小籐次は釜の底の焦げまで刮げとって食し、満ち足りた気分になった。すると気分に余裕ができた。

うづは今朝も深川蛤町の裏河岸に百姓舟を舫っておるかな、と思い浮かべた。平井村から深川へ小舟に野菜を積んで売りに来る娘のうづは、小籐次の商いの師匠ともいうべき女衆だ。このところ兼元の研ぎに専念したせいで仕事に出ず、従ってうづとも会っていなかった。

汚れた器と釜を井戸端に運び、洗った。皿と椀をおきみに返そうと戸口から、

「馳走になった。留守を頼む」

と声をかけた。すると、阪木の木っ端があちこちに付着した夜具の間から勝五郎が顔を覗かせ、

「おれの分まで大いに稼いできてくんな」

と大声をかけた。

「うまく稼げたら、酒を購って参る」

「無理はしねえこった」

勝五郎の声に送られ、すでに用意していた研ぎの道具を、堀留の石垣下に舫ってある小舟に運んだ。

いつも仕事に出る刻限より一刻（二時間）は遅かった。

秋の陽はすでに江戸の家並みの上にあって、堀留の汚れた水を照らし付けていた。

小籐次は腰に両刀を手挟み、藁づとに差した風車や竹とんぼを抱えて、部屋の戸を閉めた。

そのとき、木戸の向こうで草履がばたばたと鳴る音がして、久慈屋の小僧の国三が血相を変えて姿を現した。国三は長屋の奥に立つ小籐次の姿が目に入らぬのか、小籐次が今閉めたばかりの戸を引き開けようとした。

「国三さん、慌ててどうした」

小籐次の声に国三が振り向き、

「赤目様、おられましたか」

と叫んだ。

「なんぞ出来したか」

「お、お花さんが」

国三は喉を詰まらせた。

小籐次は藁づとを小舟に投げ入れると井戸端に戻り、桶に突っ込んであった柄杓で水を与えた。それをごくごくと喉を鳴らして飲んだ国三が、

「お花さんが連れていかれそうなんです」

と叫んだ。

最近、久慈屋は新しく女中を雇った。それが器量よしのお花だ。

お花は元々久慈屋の番頭であった松蔵の一人娘とか。松蔵は十年前、流行病でぽっくりと亡くなった。

三年前、お花は縁があって商家に嫁に行った。だが、姑との折り合いがうまくいかず、亭主も姑の言いなりとかで、実家に帰されていた。そこで父親が奉公していた久慈屋で働き始めたところだった。

「亭主が来たか」

「いえ、違います。怪しげな者たちばかりです」

「国三さん、ともかく参ろうか」

小籐次は国三を小舟に乗せ、舫い綱を解いた。手で石垣を押して入堀の流れに出すと、直ぐに櫓に替えた。

小舟は元々久慈屋が仕事に使っていたものだ。小回りが利くように長さ三間にも満たない。小籐次はこの小舟を借り受けて、研ぎ仕事に便利なように手を加えていた。

芝口新町の入堀は一町半にも満たないほど短い。その堀留の一角に新兵衛長屋の敷地は接していた。

小籐次は小舟を赤坂の溜池から流れてくる御堀に入れ、舳先を西へ向けた。

紙問屋の久慈屋は東海道の芝口橋際の角地に店を構えていた。それが見えてきた。

「国三さん、そなたはお花さんの嫁入り先は知るまいな」

「麹町の薬種問屋中松屋ですよ。お花さんは家じゅうが薬臭くて嫌だったと常々洩らしていますから知っています」

「薬種問屋の女房だったか。お花さんの婀娜っぽさも薬種問屋では花が咲くまい」

「紙問屋のほうがなんぼかいいと言っています」

と言ったあと、

「赤目様、だれにも内緒ですよ」

「なんだな」

「お花さんは日比谷稲荷で時に亭主と会っていますよ。偶々使いの折に見かけたんです」

「ほう、口と腹とは大違いか。どんな亭主どのかな」

「男前です。お花さんと並ぶと一対の男雛と女雛ですよ。結構思いつめた様子で話し合っていました」

「となると、姑がそれを知って嫌がらせに来たかのう」

小籐次は櫓を漕ぐ力を抜いた。

痴話喧嘩では矛先も鈍る。

小舟を久慈屋の船着場に着けた。普段見慣れない猪牙舟が二艘、乱暴に舫われていた。

小籐次は櫓を舟に上げ入れ、代わりに竿を立てて小舟を繋いだ。船着場に上がろうとすると、河岸道からどやどやと男たちが下りてきて、その周りを久慈屋の奉公人が取り囲み、

「うちの奉公人をどうする気です」

と大番頭の観右衛門が叫んだ。

小籐次は備中国の刀鍛冶次直が鍛造した刃渡り二尺一寸三分を腰に落ち着けるように、柄頭をこじり上げた。

国三が注進に及んだわけだ。

お花の手を摑む男は頰の削げたやくざ者の兄貴分と見え、仲間には用心棒らしい二人の浪人者が混じっていた。薬種問屋の姑の嫌がらせとはどうも違うようだ。

「久慈屋、あんまり邪魔をしやがると店蔵に火を付けるぜ。理由あって連れて行く話だ。どきやがれ」

と、真っ青な顔をしたお花の手を引く兄貴分が言った。

「待った」

小籐次が声をかけた。

「おおっ、お見えになりましたか」

観右衛門が助かったという顔をした。

「白昼、女を攫うとは穏やかでないな」

小籐次の言葉に、
じろり
と兄貴分が睨んだ。

血走った奥目には非情さと残酷さが漂っていた。修羅場を搔い潜って生き抜いてきた顔だ。

「なんだ、爺。邪魔すると踏み潰すぞ」

「威勢がいいな。そなた、何者か」

「両国東広小路界隈が縄張りの、天元の萬吉一家の者だ」

「名はなんと申す」

「おれか。おれは佐州帰りの民次だ」

佐州とは佐渡の異名だ。脅し文句かどうか、民次は幕府管轄の佐渡金山に流された咎人だったと言っているのだ。

「道を開けな、爺」

「民次とやら、お花さんの手を大人しく離して、川向こうに帰るがいい。さすれば痛い目に遭わずとも済む」

「なんだと、この爺侍。先ほどから黙って聞いていれば、図に乗りやがって！」

民次は懐から匕首を抜くと、お花の手を強引に引いたまま、小籐次に迫ってきた。弟分や用心棒の剣客も従って船着場に下りてきた。

「国三さん、怪我をしてもいかぬ。小舟に座っておいで」

小籐次はそう国三に言い聞かせると、小舟を繋いだ竿に片手をかけた。

「お花さん、今、助けるでな」

お花が蒼白の顔を小籐次に向けた。

民次が匕首をお花の首筋に当てた。

「ひえっ、赤目様、お助け下さい！」

とお花が悲鳴を上げた。

うーむ
と頷く小籐次に民次が、

「赤目だと。てめえはまさか酔いどれ小籐次ではあるめえな」

「他人様にはそう呼ばれることもある」

「御鑓拝借の赤目小籐次が、爺の上にちび助だと。冗談だろう」

「試すか」

その言葉に用心棒の二人が反応した。

剣を抜くと、堀を背にした小籐次に迫った。

だが、小籐次の片手はすでに竿にかかっていた。

その竿が引き抜かれ、迫り来る二人の用心棒の鳩尾を電光石火の速さで突き上げると、用心棒は両足を浮かせて次々に船着場に転がって気を失った。

竿が回され、その先が民次に向けられた。

民次も匕首の切っ先を小籐次に向けた。

来島水軍流は船上で戦うように工夫された武術だ。船の竿も櫓も得物になった。

「民次、お花さんの手を離さずば手加減はせぬ」

竿の先が、
ぴたり
と決まり、民次の喉笛を狙った。

くそっ!

と民次が吐き捨て、匕首を懐の鞘に戻した。

「今日ばかりは許してやる。だが、これで終わったと思うなよ」

と捨て台詞を吐き、お花の手を離した。

小籐次がお花を手招きして、呼び寄せた。

「河岸の鮪じゃねえや、役立たずの先生方を猪牙に投げ込め!」

民次が弟分に命じ、気を失った剣客二人を猪牙舟に乗せて御堀を去っていったのは、その直後のことだ。

ふーうっ
と安堵の空気が船着場に漂った。

二

「まあ、だれにも怪我がなくてようございました」

と大番頭の観右衛門がだれに言うともなく洩らし、奉公人たちも仕事に戻ったり、船着場で荷の積み下ろし作業を再開したりした。そこへ手代の浩介が難波橋の秀次親分と子分の銀太郎を連れて駆け付けてきた。

「赤目様が先にございましたか。わっしらはちょいと出先におりましてな、手間取りました」

と久慈屋に馴染みの親分が申し訳なさそうな、安堵したような複雑な表情を見せた。

「親分の出番はこれからですよ」

観右衛門が言い、お花に、

「お花、おまえは親分に申し上げるべきことがありましょう。このような騒ぎが二度と起こらぬように相談なされ」

と険しい口調で命じた。

騒ぎの後、茫然自失していたお花が、はっとした顔で観右衛門を見た。

「大番頭さん、お店を拝借するより、わっしの家のほうが万事都合がよさそうだねえ」

勘よく秀次が言う。

「そうですねえ。ちょいとご面倒ですが、お花もそのほうが話しやすいでしょう」

と観右衛門が応じ、

「私どもがお花についていくより、赤目様のほうがよいかもしれません。迷惑ついでにお願いできますか」

と小籐次に頼んだ。

「承知した」

難波橋は芝口橋から一つ西に上がった橋だ。秀次の家は橋詰めの二葉町にあった。

肩を落としたお花は立派な神棚がある居間に通された。

「お花さん、親分になんでも相談なされ。それがそなたのためだからな」

小籐次の言葉にお花は上の空で頷いたが、自ら口を開く様子はない。そこで小籐次は、お花を連れて行こうとした連中が両国東広小路界隈を縄張りにする天元の萬吉一家と名乗り、頭分は佐州帰りの民次であることを親分に告げた。

「天元の萬吉ねえ。東広小路から回向院の出開帳なんぞを仕切る親分で、なかなかの威勢だとは聞いていましたが、佐渡帰りを売りものにする子分やら用心棒まで配下におりましたか」

と応じたが、川向こうのことだ、秀次もあまり承知していない様子だった。

「お花さん、おまえさんは萬吉一家となんぞ因縁があるのかい」

お花は首を横に振った。

「民次も初めてか」

「はい」

「すると、今朝のことはなんの心当たりもないということかい」

「はい」

と頷いた返事が、先ほどより心なしか弱々しかった。

「お花さん、差し出がましい口を利いて相すまぬが、此度のこと、そなたの婚家と関わりがありそうか」

「まさか」

とお花が初めてそのことを考えたふうに答えた。

「姑どのと折り合いが悪く嫁入り先を出たと聞いたが、亭主どのとその後、会うことはあるか」

小籐次は小僧の国三の言葉を思い出して訊いてみた。

「静右衛門とですか。名を口にするだけで虫唾が走ります」

お花の言葉はにべもない。すると、国三が言った日比谷稲荷のお花の相手はだれなのか、疑いが残った。

「嫁入り先ではねえ、亭主でもねえ、か」

と呟いた秀次が、

「おまえさんのお父つぁんは松蔵さんだったな。元気なら観右衛門さんの右腕としてばりばり働いてるだろうに」

とお花の父親のことを言い出した。

お花が曖昧に頷く。

「おっ母さんはどうしてなさる」

「元気です」

「ただ今の住まいはどこだい。松蔵さんには、おまえさんのほかに息子が二人いたな」

　お花が返答するまでにしばし間があった。

「お父つぁんが亡くなった後、久慈屋さんの家作を出て、芝金杉同朋町の裏長屋に移り、今もそちらに住まいしております。上の弟の松之助は奉公に出て、下の弟の梅吉がおっ母さんと暮らしています」

「松蔵さんは通いの番頭になって七、八年だったかねえ。三人の子宝に恵まれなすったか」

　と応えた秀次が、

「一家の大黒柱がいきなり亡くなったんだ、おっ母さんは苦労したろう」

　と言うと、

「はい」

　と頷いたお花が、

「久慈屋さんから相応の金子が渡されました。お父つぁんが暖簾分けするときのためにお店で貯めていたお金に、慰労の額を足して頂戴したのです。そのお陰で私ら一家はなに不自由なく暮らしてきました」

「麹町の薬種問屋にはいくつで嫁に行ったえ」

「十八の秋でした。それから三年辛抱しましたが、我慢できませんでした」

「十八の年まで、おまえさんは奉公にも出なかったのか」

「いえ、増上寺門前町の天麩羅茶屋伊勢一で、通いの女中を三年ほど続けました。ただ今は松之助が住み込み奉公をしております」

「板前か」

「まだ見習いにございます」

「おまえさんは器量よしだ。伊勢一でも手放したくはなかったんじゃないか」

「辞めると決まったとき、旦那様方から引き止められましたが、おっ母さんが奉公は奉公、嫁入りとは違うと、中松屋の店構えに惚れ込んで強引に話を纏めてしまったのです」

お花は今もって麹町の薬種問屋に嫁入りしたことを後悔しているふうが見られた。

「いくら貸元だ、やくざだといっても、全く関わりのないおまえさんを奉公先から連れ出すというのは乱暴極まりねえ。そこにはなんぞ曰くがなきゃあならないが、思い付かないか」

　秀次の問いにしばし考える体(てい)のお花だったが、首を横に振った。

「そうか」

　秀次も摑みどころがないという顔をした。

「親分さん、赤目様、だれぞと間違えられたのではないかと思います。だから、まず二度とあの人たちがお店に迷惑をかけるとも思えません」

「そうか」

　と答えた秀次はしばらく腕組みして考えていたが、

「わっしのほうも久慈屋さんに目配りしよう。お花さん、なんぞ思い出したら赤目様でもよい、わっしでもいいや、直ぐに知らせてくんな」

「承知しました」

　と、ほっとした表情のお花が立ち上がった。

「赤目様にはちょいと野暮用(やぼよう)が残ってまさあ。すまねえが、もうしばらく付き合って下さいな」

　と秀次が言い、

「銀太郎、お花さんを店まで送っていきな」

と玄関脇の小座敷に控える子分に声をかけた。

「親分さん、お店まで一人で帰れます。日中ですし、あのようなことはいくらなんでも日に二度はございませんでしょう」

とお花は秀次の親切を断わり、一人で久慈屋に戻った。

難波橋と芝口橋は指呼の間だ。

「お花め、なんぞ胸に秘めているようだが、吐き出しませんね」

秀次が言い、

「なんぞ起こってからでは遅いや。ちょいと調べますか」

と小籐次に顔を向けた。

野暮用とはやはりこのことだったかと小籐次は首肯した。

「川向こうを当たるか」

「天元の萬吉ですかい、そいつは後回しだ。わっしの勘では、麴町でもねえ、嫁入り前のお花に関わりがありそうだ。なにしろお花はあれだけの器量よしだ」

と言った。

「天麩羅茶屋の伊勢一かな」

江戸に天麩羅が流行したのは天明（一七八一〜八九）頃だといわれる。屋台店の立ち食いだった天麩羅はだんだんと料理の体裁を整え、天麩羅だけを食べさせる料理屋も出現していた。

天麩羅茶屋伊勢一も芝浜で上がった魚を天麩羅にして食べさせ、評判をとっていた。

「へえっ、わっしはそう見ましたがな」

「親分、近頃、あの界隈に縁がござるな」

「宝剣雨斬丸の事件も芝神明でしたな。あの折、手に入れられた孫六兼元の研ぎ、終わりましたか」

「今朝方終わった。あとは拵えに戻すだけだ」

「そいつはようございました」

小籐次と秀次は阿吽(あうん)の呼吸で立ち上がった。

難波橋から増上寺門前を訪ねるには芝口橋まで戻り、東海道を南に向うのが普通の道だ。

「親分、屋敷町を抜けて参らぬか」

小籐次の言葉に秀次が黙って頷く。東海道と併行してその西側に走る通りを日(ひ)陰町(かげちょう)通(どおり)新道と称する。その東北の角地は豊後岡藩中川家の上屋敷で、東側は東海道にへばりつくように町家が細長く連なる。

その日陰町通新道を二人は南に向う。

新道の中ほどの左手に日比谷稲荷があった。

「親分、久慈屋の小僧の国三が偶然にも、お花がこの稲荷で男と逢引（あいびき）しているのを見ておる」

肩を並べてひたすら歩いていた秀次の足がぴくりと止まり、小籐次を見た。

「お花の口ぶりでは、その男、亭主だった静右衛門とも思えぬ」

「赤目様が日陰町通新道なんぞを通ろうと言われますから、おかしな具合とは思っておりましたよ」

と秀次が広くもない稲荷社の赤い鳥居を覗き込み、

「虫歯もねえが、お参りしていきますかえ」

と社（やしろ）に入っていった。

小さな社殿の前には、なぜか鯖（さば）が何匹も奉納してあった。

「赤目様、元々この稲荷社は日比谷御門内大塚にあったものですよ」

「芝にあって日比谷稲荷とは可笑（おか）しなものよと考えておったが、さような曰くがあったか」

「へえっ、それが慶長十一年（一六〇六）に替地を与えられ、社地、氏子とともに芝口へと移ってきたんでさあ。日比谷にあった時分、たびたび旅人に霊験が現れたそうで、旅泊稲荷と呼ばれておりやした」

さすがに土地のことだ。秀次は詳しかった。

「それが芝口に移り、鯖稲荷と呼び変えられたんで」

「鯖稲荷な」

小籐次は、奉納されて時間が経ったか、少し乾きかけた鯖を見た。

「最初にだれが始めたか知らねえが、ともかく歯が痛い人間は鯖断ちの願をかけるんでさあ。そうすると痛みが不思議と和らぐ。そこで痛みがなくなった人間が鯖を奉納するというわけでねえ。わっしも子供の頃、亡くなったお袋に手を引かれて願掛けに来ましたっけ」

と日比谷稲荷の薀蓄を傾けた。

「さすがに親分は物識りだ」

「さて、お花め、男とどんな願掛けをしたか」

「国三によれば、相手はなかなかの男前らしいが」

「いよいよ天麩羅茶屋の伊勢一が怪しいな」

秀次は懐の財布を出すと、一朱を賽銭箱に放り込んだ。

増上寺門前の天麩羅茶屋伊勢一は、間口八間の堂々たる店構えだった。

「弟の松之助が料理人見習いで奉公していると言いましたな。番頭を外へ連れ出しましょう。赤目様は増上寺の境内に先に行っていて下さいまし」

秀次の言葉に頷いた小籐次は、門前町から三縁山増上寺の山門を潜った。

増上寺は明徳四年(一三九三)、麴町貝塚に鎮西派白旗流の流れを汲む了誉聖冏の弟子酉誉聖聡が創建した寺だ。

徳川氏の菩提寺となった慶長三年(一五九八)に芝へと移転し、二代秀忠を始めとして徳川一族の多くを葬ってきた。

境内は二十万坪、別当寺院十一箇寺、子院三十一箇寺、学寮百棟、山内に三千余人の僧侶が常住する広大な寺である。

小籐次が秋の気配を見せる境内を眺めていると、

「赤目様、お待たせしました」

と秀次が女中を連れてきた。

「番頭さんは用事で店におりませんでな。女中頭のおはつさんに頼みました」

「足労を掛けるな」

おはつは訝しげに小籐次に頷き、訊いた。

「親分、こんなところに呼び出してなんですね」

「三年も前、紙問屋久慈屋の番頭だった松蔵の娘のお花が通い奉公していたな」

「お花さんは嫁に行きましたよ」

「だが、婚家から暇をもらい、戻ってきた。ただ今は親父が働いていた久慈屋に奉公しておる」

「親分はようご存じじゃございませんか。このうえ、なにが知りたいんです」

「お花の弟の松之助が板前の見習いをしているそうだな」

「十日も前に辞めましたよ」

「辞めた」

「ええ」

秀次がちらりと小籐次を見た。

「お花さんがなにかやらかしたんですか」

「そう先走っちゃいけねえや。お花が今朝方、やくざ者に店からかどわかされそうになってな、当人はなんの覚えもないというんだ。二度と起こっちゃならねえ。

それでこうして、昔奉公していた伊勢一になんぞ曰くがねえかと訊きに来たのさ」

「曰くってなんです」

「お花はあれほどの器量よしだ。伊勢一で働いていた時分、付け文する男なんぞはいなかったか」

「なんだ、そんなことですか」

「あったか」

「三人ほど、お花さんに惚れ込んでいましたよ」

「やはりな。だれだえ」

「一人は増上寺の学僧の清玄さんです。お花さんが嫁に行ったと聞いたときの清玄さんの落胆ぶりは、端で見ちゃいられませんでしたよ。がっくりと肩を落としていましたっけ」

「坊主とお花の間に、格別なんぞ約束があったわけではあるめえ」

「お花さんは若いがなかなかの遣り手でねえ。清玄さんも左官の永吉さんも幹三さんも、上手にあしらっていましたよ」

永吉と幹三というのが、お花に惚れていたという残りの二人だろう。秀次は清玄についてさらに問い質した。

「清玄さんは未だ増上寺におられるか」

「いえ、実家のある安房の寺に戻り、親父様の跡を継がれたそうで。親分もご存じかも知れませんが浄土宗は所帯を持てないそうです」

「左官の永吉はどうだ」

「永吉さんは相変わらずですよ。お花ちゃんのいなくなった後も、この界隈の娘たちにいろいろとちょっかいを出しています。ですが、うまくいった例はありません。今は、うちのお新に執心です」

秀次が苦笑いをして、

「幹三は何者だえ」

「お花ちゃんがいる時分は鳶でしたよ。その後、酒に酔って喧嘩をし、鳶口で相手を殴り殺して小伝馬町の牢送りになりました。今頃は、鳥も通わぬ八丈島辺りでお花ちゃんのことを夢見ているんじゃないですか」

「近頃、お花を訪ねてきた男はいねえか」

「永吉さんはさっき言ったとおりですけど」

とおはつは首を捻った。

「お花の亭主だった静右衛門はどうだ」

「私、お花ちゃんの亭主の顔を知りませんからね」

と答えたおはつが、はっ、としたような表情を見せた。

「そういえば、お花ちゃんのことを訊いた客がいましたっけ」

「だれだ」

「初めての客ですよ。うらなりみたいな、気の弱そうな男でねえ。そうそう、召し物から薬の匂いが漂ってきましたっけ。ひょっとしたらお花ちゃんの亭主だった男ですかね」

秀次が小籐次を見た。

小籐次が代わって訊いた。

「お花の弟はなぜ板前見習いを辞めたな」

おはつが小籐次を見て、

「職人になるにしては堪え性（こらえしょう）がありませんよ。親方や兄貴分に怒られると直ぐにすねる、むくれる。あれじゃあ一人前の板さんにはなれません」

「自分から辞めると言い出したか」

「いえ、半人前のくせに、うちのお嬢さんに手を付けたんですよ。なにしろお花ちゃんの弟だ、男前でしてねえ。奉公先のお嬢さんを孕ましたとなると、まずいでしょう」

「そんなことがあったか」

「あら、このことはこの町内でも内緒のことなんですよ。私が言ったってことは、内緒に願いますよ」

おはつが両手を合わせて、秀次とも小籐次ともつかず見た。

三

芝金杉同朋町の裏長屋にお花の一家を訪ねた小籐次と秀次は、しばし言葉を失った。

長屋にお花の母親ら一家の姿がなかったのだ。

「たしか、ここには十年来住んでいたはずだな」

気を取り直した秀次が差配の年寄りに訊いた。

「へえっ、久慈屋に勤めていた親父さんが亡くなって以来のことでさあ」

昔、職人でもしていたか、ひょろりとした年寄りがきびきびした口調で答えた。

「それが突然引っ越したか」

「へえ、増上寺門前町の天麩羅茶屋に勤めていた松之助がふらりと帰ってきたと思ったら、今度は一家で引っ越しやがった」

「いつのことだ」

「五日も前のことでさ」

「どこへ行くと言い残さなかったか」

「お常さんは、松之助と梅吉の兄弟が揃って久慈屋に奉公に出ることになったんで、久慈屋の家作に引っ越すと言ってましたぜ。どこで借りてきたか、大八車に家財道具を積んで三人でさっさと出ていきましたよ」

秀次が小さく溜息を吐き、小籐次を見た。

「赤目様、一体全体どういうことで」

小籐次は首を横に振り、

「差配どの、一家が引っ越す前に姉のお花が姿を見せたかの」

と訊いた。

「お花ちゃんかえ。嫁入り先から戻されたと思ったら、久慈屋に奉公に出たってねえ。これで三人とも親父さんの勤めていたお店に奉公だ」

そのことを疑う様子のない差配の年寄りが言った。

「この十余年、一家は店賃（たなちん）も溜めずに暮らしてきたかな」

小籐次の問いに差配が首を何度か横に振り、

「引っ越してきた当初の二、三年かねえ、店賃をその都度（つど）払っていたのは。そのあとは結構滞（とどこお）りがちだったよ」

「久慈屋では親父どのの長年の奉公に鑑（かんが）みて、まとまった金子を一家に与えたと聞いたがな」

「お侍、よう承知だねえ。だがよ、派手な暮らしを続けていれば貯えも底を突こうってもんじゃないか」

「暮らしが派手であったか」

「お常さんが勘定の分からない人だ。長屋に来る棒手振（ぼてふ）りから残った魚や青物をごっそり買ってさ、半分以上も腐らせるという繰り返しだ。腐らせるくらいなら、隣近所におすそ分けするがいいや。そんなことには気が回らないときている。麹町の中松屋にお花さんの嫁入りが決まったとき、お常さんはこれで一生暮らしには困らないと、長屋じゅうに吹聴して回ってたっけねえ」

「となりゃあ、長屋での評判はよくねえな」

小籐次に代わり、秀次が訊いた。

「よく言う奴はいめえな。松之助も梅吉も男前だもんで、十三、四の頃から一端の大人の顔をして、この界隈の娘のだれかれに手を出し、親から怒鳴り込まれることも二度や三度じゃあきかなかったよ」

「松之助は十九と聞いたが、梅吉はいくつだ」

「十六かねえ、いや、十七になったかもしれねえ」

小籐次と秀次はお花の母親と弟たちが引っ越した長屋の跡を見て、木戸を出た。

金杉橋を渡るとき、秀次が小籐次に顔を向けた。

「赤目様、腹も減っていようが、まずは久慈屋に戻りますか」

刻限はすでに八つ半（午後三時）に近そうな影の伸び方だった。

「飯は一食二食抜いても支障はないが、なんとも不思議な話かな」

「赤目様、一家はどこへ行きやがったんですかね」

「はて」

「まさかお花に黙って、ということではありますまいね」

小籐次も答えられない。

「一つだけ察しがついたことがある」

「なんですね」

「日比谷稲荷でお花が会うていたという男前だがな、弟の松之助ではあるまいか。結構思いつめた様子だったと国三は申したが、伊勢一の娘を孕ませた話の相談だったとすると、姉と弟、深刻な顔付きにもなろう」

「違いねえ」

だが、二人が驚くことはそれで終わらなかった。

久慈屋に戻ると大番頭の観右衛門が、

「ご苦労でしたな。なんぞ事情が分りましたか。どこぞへ出張られたご様子だ」

と、額に汗を光らす二人を迎えた。

「大番頭さん、なにやら狐に抓まれたってのはこのことだ。まずお花に会って話が聞きたいんだがな」

秀次が懐から出した手拭で額の汗を拭った。

「お花は親分方と一緒じゃないんですか」

「なんだって。お花はこちらに戻ってないんですかい」

秀次が驚きの声を洩らした。

異様な様子に気付いた観右衛門が、

「親分、赤目様、ここは店先です。台所に参りましょうか」

と二人を台所の広い板の間に誘った。

久慈屋の台所では女衆が夕餉の仕度にかかっていた。女中頭のおまつが小籐次らの姿を見て、

「赤目様、親分、冷たいものがいいかねえ。それとも茶を淹れようか」

と訊いた。

「おまつ、親分には茶を、赤目様には大ぶりの丼で灘をなみなみと注いでお出しなされ」

と観右衛門は命ずると、大黒柱の前の定席に腰を下ろした。

「大番頭さん、お花はわっしらと出かけてからこっち、お店には戻ってねえんですね」

秀次が声をひそめて念を押す。

「私はてっきり親分方と一緒とばかり思っていましたよ」

「うちにいたのは四半刻（三十分）ほどだ。話を聞いた後、といってもなにも喋らないに等しいや。ともかく一旦こちらに戻しましたんで」

秀次は、手先の銀太郎を付けとくんだったという後悔の顔をした。

「今朝方の連中に捕まったのでしょうか」

「その心配はあるめえ」

と返答した秀次が今一度、
ふう――っ
と溜息を吐いた。そこへおまつが丼に冷酒と、茶を運んできた。

「これは恐縮」

おまつは三人の深刻な事情を察したか、さっさと自分の持ち場に引き上げていった。

秀次は茶を喫して喉を潤すと、朝からの出来事を観右衛門に告げた。

小籐次はちびちびと丼の酒を飲みながら、手際のいい秀次の報告に耳を傾けていた。

「呆れた、驚きました」

と観右衛門が呟いた。

「そういうこってすよ」

「一体全体どういうことで」

「わっしらが聞きてえ」

三人は顔を見合わせた。

「お花は親分方に、今朝の連中についてはなにも知らないと答えたんですね」

「嫁に行っていた薬種問屋の差し金とも違うと、きっぱり答えましたぜ」

「考えてみれば松蔵が亡くなったとき、お花は十歳かそこいらでした。嫁に行っていた三年を含めてこの十年ばかり、私どもはお花と一家がどんな暮らしをしていたか、知りませんでした。松蔵の一人娘というのでお店に雇ったのは、ちと早計でしたかな」

久慈屋の大番頭はそのことを気にした。

「大番頭さん、お花がこちらに迷惑をかけているということはあるめえな」

「奉公を決めたとき、母親のお常が暮らしに困っているので給金の前借りを願い出ました。普通の奉公人ならばそのような申し出は受けないのですが、うちの番頭だった男の娘、五両ばかりを前渡ししました。もしお花がお店に戻ってこないとなると、それが引っ掛かります」

「外面似菩薩内心如夜叉（げめんじぼさつないしんにょやしゃ）と言うが、お花め、猫の皮をかぶってたかねえ。最初から調べ直すしかねえな」

秀次の言葉に、小籐次は丼に残った酒を、

きゅうっ
と飲み干し、

「親分、川向こうに参ろうか」

と言った。

両国東広小路の盛り場を縄張りにする天元の萬吉一家は、回向院の門前、南本所元町に一家を構えていた。間口十二間余、堂々とした構えで、古びた看板には、

「回向院御用達諸家口入(くちいれ)天元萬吉
創業慶安三年葉月吉日」

とあった。

慶長五年(一六〇〇)、天下分け目の関ヶ原の戦いが東軍の勝利に終わり、徳川家康は大名に江戸に人質を置かせるようになった。これらの大名たちは江戸屋敷を建設し、また江戸城築造の普請(ふしん)に駆り出された。これら江戸屋敷、江戸城普請の人足たちは臨時雇いで、口入屋が調達した。

口入屋は気の荒い人足を扱うせいで、渡世人や博奕打ち(ばくち)が多く、自然、人足らも博奕にのめり込むことになる。これら人足が雇われる先は大名家や大身(たいしん)旗本屋

敷だ。博奕を取り締まる町奉行所では手が付けられない治外法権の拝領地であった。

天元の萬吉一家も口入稼業が始まりで、今では、

「貸元」

と呼ばれる博奕打ちの親分として威勢をふるっていた。

「御免よ」

と秀次が天元の暖簾を分けて広い土間に足を踏み入れた。

夕暮れ前の刻限だ。

縦縞の着流しを尻端折り、黒羽織に同色の股引、足袋に草履がけ、羽織からちらりと十手の柄が覗いていた。本所に馴染みがなくとも、すぐに御用聞きの親分と知れた。

「親分さん、ご苦労さんにございやす」

と土間に続く板の間にいた三下奴が秀次に挨拶し、続いて入ってきた小籐次に、

あっ

と驚きの声を上げた。

どうやらその三下奴は、今朝方久慈屋に押し掛けた一人のようだ。

「萬吉はいるかえ」

秀次が睨み据えて訊いた。

「貸元はちょいと用で出ておりますんで。いえ、嘘じゃあござんせん」

「戻りはいつだ」

「今晩は遅いと聞いておりやす」

「代貸はいるだろう。呼んでくれ」

秀次の貫禄に押されたように三下奴が奥へと引っ込み、奥で、

「なにっ、酔いどれが殴り込みだと」

「いえ、十手持ちを従えてます」

という声が洩れてきて、俄かに殺気立った。だが、直ぐにそれが鎮まり、沈黙の時が流れた。

秀次は羽織の裾を分けて、上がり框にどっかと腰を下ろした。

小籐次は広い土間に立ったままだ。

「お待たせ致しやした」

四十年配の色が浅黒い男が出てきて、秀次の前に畏まった。

「わっしが代貸の、小梅の青太郎でございやす。親分さんはどちらから手札をお

受けで」

と訊いた。

「南町奉行所同心近藤精兵衛様から御用を承る難波橋の秀次だ」

「これはお見それ致しやした。難波橋の親分さんでしたか」

と頷いた青太郎が、

「親分、御用の趣をお尋ね致しやす」

とあくまで平然と応対した。

「今朝方、てめえの身内の佐州帰りの民次らが、芝口橋の紙問屋久慈屋に押し掛け、女中のお花を強引に連れ出そうとした。その一件よ」

秀次が青太郎を睨みすえた。

「ああ、あの一件でございやしたか。民次の野郎がどこぞの飲み屋で、久慈屋の女中のお花を連れ出したら、ちょいとした小遣いをくれるとかどうとか甘い言葉を掛けられたらしいんでさ。貸元にもこのわっしにも無断でしのけたことなんでございやすよ」

「なに、天元一家には関わりのねえ騒ぎというか」

「へえっ、そんなどじを踏んだ話を聞きやして、民次の奴を叱り飛ばしてやったんでさ。そして、阿呆な話を持ち込んだ野郎を連れてこいと今、必死で探させているところなんで」

「萬吉もおめえも知らなかった話というか」

「へえ、一切存じません」

「青太郎、川向こうからわざわざこのおれと天下の酔いどれ小籐次様が乗り込んできた話だぜ。もう一度訊く。今朝の一件、天元の萬吉に頼まれたことじゃねえってんだな」

秀次が念を押す。

「ございやせん」

と青太郎がきっぱりと応じた。

「よし、今日はこのまま引き上げる。民次に言っておけ。おれの家にきっちり話をつけに来いとな」

「へえ、畏まりました」

秀次が立ち上がり、板障子の向こうで控える手下たちをひと睨みすると、

「赤目様、無駄足でございましたねえ。引き上げましょうか」

と小籐次に言った。

半刻（一時間）後、小籐次と秀次の姿は、天元の萬吉一家の裏口を見張る暗がりにあった。裏口は東広小路へと抜ける裏路地に面していた。

「そろそろ動き出してもいい頃ですがね」

「民次一人におっかぶせて永の草鞋でも履かせるつもりか。あるいは、お花をかどわかすように頼んだ先に連絡をとるか」

「どちらにしろ動いていい頃合だ」

と二人が言い合うところに裏木戸が開き、道中合羽に三度笠、振り分け荷の民次と浪人四人が出てきた。

長脇差を道中合羽から覗かせた民次が木戸の奥へと、

「親分、わっしは」

「達者で行け。なあに、長いこっちゃねえ」

という声に、

ぺこり

と頭を下げ、五人は歩き出した。

大川ではなく回向院の方角だ。

五人は足早に回向院の闇の境内へと入り込み、広い境内を真っ直ぐに東へと向った。浪人らが旅仕度ではないところを見ると、江戸を離れるまでのお目付役と用心棒を兼ねたものか。

小籐次と秀次は民次の後を追った。

回向院は、明暦の大火（一六五七年）で焼死した十万七千余人を回向するために建てられた寺だ。その境内はおよそ五千坪で幕府からの拝領地だ。

二人は静かに民次らとの間合いを詰めた。

民次らは回向院の泉水のかたわらをひたすら沈黙のまま、東に向っていた。

民次は横川辺りの船問屋から上方への便船に乗る気か、あるいは江戸川に抜けて、上総か下総方面へ行こうというのか。

秀次がすいっと小籐次のかたわらから消えて、先回りして行く手を塞いだ。

五人の足が止まった。

「くそっ！」

民次が吐き捨て、

「おれだけ貧乏籤を引かされてたまるか」

と叫んだ。

「民次、ならお花をかどわかそうとした経緯を吐きねえな」

秀次が言い、民次が長脇差を抜いた。

「おめえがほんものの佐渡帰りかどうか、おれが試してみようか」

秀次は帯の十手を手にした。

四人の用心棒も剣を引き抜いた。

「そなたらの相手はこの赤目小籐次じゃ」

背後から小籐次に声をかけられた四人が、
ぎょっ
として振り向いた。

「酔いどれ小籐次、腹を減らして無性に苛立っておる。生き死にを覚悟してかかって参れ」

「おのれ！」

四人の内の大兵が抜いた剣を右肩の前に立てると、一気に突進してきた。

小籐次も踏み込んだ。

次直の柄に手がかかり、一気に引き抜かれると、二尺一寸三分の刃が闇の中で白い光に変じ、突進してきた大兵の胴を深々と両断していた。

ぐええっ！

悲鳴を上げた大兵の体が、勢い余って虚空で一転して翻筋斗を打ち、

どさり

と背中から転がった。

小籐次の声に三人が立ち竦み、後退りを始めた。

「次はだれだ」

「逃げる気か」

小籐次が一、二歩踏み出すと、

わあっ

と算を乱して逃げ出した。

小籐次がいま一つの戦いの様子を振り向くと、秀次の片膝の下に民次が地面に押し付けられ、捕り縄を掛けられようとしていた。

四

薬種とは薬の素材のことをいう。

檳榔子、大黄、細辛、阿仙薬、石斛、阿膠、貝母、独活、甘草、丁子、人参と幅広く、伽羅、沈香などの香木、さらには砂糖も薬種であった。

薬種問屋はこれら唐物を扱うだけに取引高も大きく、商人として高い権威を持っていた。大所の薬種問屋では主や番頭が自ら長崎まで出向き、薬種を買い付けてくるほどであった。これら大店の屋根看板には、

「唐和薬種問屋」

と書かれ、日本橋近くの本町三丁目や伝馬町界隈に軒を連ね、お医師の乗り物が店前に並び、薬屋の番頭が仕入れに来た。

薬種問屋にとって唐物、すなわち到来物は金看板で、値段も張り、それだけに客は分限者が多かった。

回向院の捕物があった翌日のことだ。

難波橋の秀次親分と手先の銀太郎、赤目小籐次の三人は芝口橋から麴町に上がった。

四谷御門外の麴町十二丁目に店を構える中松屋は、本町三丁目の薬種問屋ほど大きな店構えではなかった。だが、ここにも唐和薬種問屋の看板が掲げられ、医師らしき風体の人物やら薬屋の番頭らが出入りして、それなりに繁盛している様

子が窺えた。

　佐州帰りの民次を捕まえた足で舟に乗せ、南茅場町の大番屋に連れて行き、秀次の旦那、南町奉行所定廻り同心近藤精兵衛の立ち会いの許で吟味が行われた。

　佐州帰りと名乗っていたが、民次は佐渡金山帰りではなかった。仲間内に威勢を示すために勝手に付けた通り名というのが、自らの白状で分った。だが、これまで何度か町奉行所の世話になっていることも確かな小悪党だった。

「民次、てめえのちんぴらぶりはよく分った。夜中にもかかわらず、旦那がこうして八丁堀の役宅からわざわざ出向いて来られたんだ。面倒をかけずに白状しねえ。だれに頼まれて、久慈屋の女中お花を連れ去ろうとした」

　秀次親分の尋問に、大番屋の柱に後ろ手縄で縛られた民次が、

「へえっ、申し上げます。うちの親分が知り合いを通して、麴町の中松屋に頼まれた一件にございます」

「なにっ、お花が嫁に行っていた薬種問屋からの頼みだと。間違いねえな」

「間違いございやせん」

　と民次が恐れ入った。

「静右衛門め、それほどお花に執心していたか」

と秀次が呟く。すると、縄に繋がれた民次が、

「親分、お花はしおらしい顔をしているが、猫をかぶっているだけだ。なかなかの女ですぜ。亭主はお花に未練があるかもしれねえが、中松屋が慌ててうちに頼んできたのはそんなこっちゃねえ」

「ほう、なんだな」

「中松屋はここんとこ、唐和薬、伽羅香木の売れ行きが思わしくないてんで、危ねえ商いに手を出していたのさ。医師が使う痛み止めの阿片などを長崎で仕入れ、そいつを上客の医師や金持ちの遊び人にちびちびと売っていたそうでさ。お花は、中松屋からおん出る時、蔵の奥にしまってあったその阿片の包をかっさらってやがんのさ」

なんと、と思いがけない展開に呻いた秀次が、

「お花が中松屋から出されたのは何カ月も前のことだぜ。それを今頃気付いたっていうのか」

と念を押した。

「ものがものだ。中松屋では、当座分は小分けにして店裏の隠し引き出しに入れ

て、長崎から持ち帰った阿片はいくつかの包にして蔵の奥に隠していたそうな。むろん中松屋の主と番頭、限られた者しか阿片のことは知らされていなかった。ところがお花はそいつを閨で静右衛門から聞いて知っていたのさ。中松屋では、阿片の大包がなくなっていることに大慌てしたが、表沙汰にできるこっちゃねえ。そのことを承知の者を厳しく調べたが分らねえ。静右衛門がお花に喋くったと分ったのが、ようやく最近のことなのさ」

「静右衛門が久慈屋の周りやら天麩羅茶屋伊勢一なんぞにちょろちょろ姿を見せていたのは、阿片のことを問い質すのが狙いか」

と秀次が得心の言葉を洩らした。

「旦那、お花が持ち出した阿片は大包だ。好き者に売れば何百両は下らない量だとさ」

秀次は旦那の近藤精兵衛と相談のうえ、まず中松屋を探索して民次の証言の裏を取ることに着手した。

小籐次は久慈屋の大番頭観右衛門に、お花の騒ぎの背景を報告した。

「驚きましたな。松蔵は篤実な奉公人でしたが、お花をはじめ、残された家族が松蔵の顔に泥を塗るような暮らしをしておりましたか」

と呻き、

「お花をお店に入れたのはこの私です。旦那様に詫びねばなりません」

と主の昌右衛門に詫びに出向き、善後策を相談してきた観右衛門が、

「赤目様、お花は松蔵の娘、またうちの奉公人であることに変わりはございません。この後、どのような仕儀に至るか知れませんが、難波橋の親分と一緒に始末をつけてくれませんか」

と願った。


そんなわけで小籐次も秀次らに同道することにして、麹町の薬種問屋中松屋の前に到着したところだった。

中松屋の屋根看板には、

「万能胃薬萬金胆」

とあった。その看板のかたわらには、

「全以贋薬種不用量入無之様正直第一也」

と書かれた板書も見えた。贋薬を用いず、薬の量も適正正直なりという意であろうか。

「そろそろおいでになってもよい頃合ですがね」

と秀次が小籐次に囁いた。

近藤精兵衛と秀次が知恵を絞った挙句、室町で蘭方医として有名な尾武東洋に相談した。尾武は南町奉行所と親しい間柄で、薬物がからむ事件にはこれまでも再三知恵を借りていた。

「おっ、小太郎先生が参られましたぜ」

乗り物が中松屋に横付けされ、尾武東洋の嫡男で長崎帰りの若先生小太郎が、

「御免」

と言いながら中松屋の店へと入っていった。

小籐次らが向いの路地から様子を見ていると、応対に出た番頭が直ぐに小太郎を奥座敷へと招じ上げたか、店先から姿が消えた。

店先には小太郎を乗せてきた乗り物と陸尺、それに薬箱を持参した見習い医師が待機していた。

小太郎は半刻ほどの用談の後、番頭に送られて再び姿を見せた。小太郎が乗り込んだ乗り物が動き出すと、秀次が、

「尾武先生の名を出しても断わるようなら、民次の話はがせということになりや

すね」

と言い残すと、乗り物を追った。

秀次はなかなか戻ってこなかった。

秋の陽射しがゆるゆると移動していく。

(水戸に行かねばならぬが……)

小籐次は竹と紙で作った、

「ほの明かり久慈行灯」

の作り方を伝授するために水戸へ赴くことが決まっていた。だが、水戸屋敷から出立の日を知らせてこず、予定が立てられずにいた。

(まずは、こちらの騒ぎの決着をつけることが先かな)

と思いながら、

(それにしてもお花の一家はどこへ消えたか)

と漠然と考えていると、秀次が額に汗を光らせ戻ってきた。

「中松屋め、初めての客ですが、尾武東洋大先生の名には断わりきれなかったとみえて、若先生に阿片を分けてくれたそうですぜ」

と懐の手拭の間から薬包(やくほう)を見せた。

この界隈の患家の往診に来た体の尾武小太郎は、

「余命いくばくもない患者が痛みに苦しみ始めてな。生憎と薬箱に痛み止めの持ち合わせはない。室町まで帰るには遠過ぎる。中松屋、なんとか都合してくれぬか。年来の患者をあれ以上苦しめたくない」

と頭を下げて頼んだのだ。

「小太郎先生は、阿片の類は医師が用いれば貴重な薬、なれど快楽のために素人が使うとなると身を滅ぼす劇薬になると仰り、中松屋はどうやら金持ち相手に阿片を売り捌いている様子だと付け加えられました」

「この薬、長崎物か」

「明らかに長崎口。抜け荷で長崎に上がったものだろうと推量されておられました」

「これで中松屋が阿片を扱っておることは分った」

「民次の話に嘘はなかったということですよ。それに中松屋には胡散臭い浪人者が数人控えている様子だと、厠を借りて奥を窺った小太郎先生の観測にございます」

「親分、お花の一家はどこへ消えたか分らない。となればこの話、長びくことになるな」

　秀次が頷く。

「長びくのは構わねえが、どこへ網を張ればいいか迷いますぜ」

「中松屋では、お花の一家がどこぞへ姿を隠したことを知るまい。そこでそのことをまず知らせる」

「するとどうなります」

「お花は間違いなく阿片が大金になることを承知して持ち出しておる。だが、哀しいかな、素人だ。どこでどう売り捌けばよいか知るまい」

「まず、知りますまい」

「お花の一家が江戸に身を潜めているならば、必ず静右衛門に連絡（つなぎ）をつけてくると思わぬか。お花は静右衛門が自分に惚れ抜いておることを承知している。それを利して会い、阿片を買い取ってもらうか、売り先を聞き出そうと企てるか。お花が阿片を金にする手立てはそれしかないと思わぬか」

「お花はそこまでやりますか」

　としばらく考えた秀次が、

「よし、どこぞに中松屋の見張所を設けましょう」

と銀太郎に指示を出し、自らは中松屋に向った。

銀太郎が薬種問屋中松屋の見張所にと頼み込んだのは、表通りから路地奥に入った魚屋の二階だ。むろん中松屋を見張るとは言わず、近くの御先手組御長屋の中間(ちゅうげん)部屋に潜り込んだ悪人の張り込みだと説明して借り受けたのだ。御長屋には流れ者や手配中の男が潜り込んでいたから、魚屋ではその言葉を信じた。

見張所から中松屋の裏口は見通せたが、表の出入りは分からなかった。そこで銀太郎と秀次が交代で表を見張りに行った。ときに菅笠(すげがさ)を目深(まぶか)に被った小籐次が出ることもあった。

小籐次らが中松屋の動きを見張り出して三日目、久慈屋から手代の浩介が使いに来た。

「うちの店に出入りの者が、お花さんの姿を浅草寺門前広小路の雑踏で見かけたそうです。あれほど艶(つや)っぽい人です、直ぐに分ったそうで声をかけようとしたら、すいっと人混(ご)みに紛れてしまったそうです。むろん出入りの者はお花さんが姿を消したのを承知していません」

「やはりお花の一家は江戸におりましたか」

秀次が小籐次に話しかけ、

「金に困れば絶対に阿片(しなもの)に手をつけるはずだがな」

と洩らした。

「赤目様、大番頭さんからもう一つ言付けがございます。水戸屋敷からようやく知らせが届き、近々に小梅村の下屋敷を出て、水戸領内に向う御用船があるそうで、それに乗船してほしいとのことだそうです」

「相分った」

と答えたものの、

「こちらが片付かねばな」

と困惑の顔をした。


その夕暮れ、薬種問屋中松屋が表戸を下ろそうという刻限、着流しの男が店の裏木戸に近付き、戸を叩いて女衆を呼び出すと結び文を渡した。

「お花の弟、松之助ではないか」

「赤目様、間違いねえや」

遠目にもすらりとした姿で、呼び出された女衆が、
ぽおっ
と男を見たほどだ。その男は、

「いいですかえ、若旦那の静右衛門さんに渡すんですぜ」

と念を押して姿を消した。

「赤目様の勘が当たりましたな」

「静右衛門は一人で動くか、それとも親父に相談するか」

「そこですね」

使いが来て一刻半（三時間）後、五つ半（午後九時）の頃合、裏木戸から静右衛門と思える羽織の男が一人出てきた。

銀太郎がまず魚屋の二階から姿を消し、静右衛門を尾行し始めた。さらに裏木戸が開き、三人の浪人者と女が出てきた。

「呆れたぜ。お花の姑だったおかるですよ。中松屋じゃあ、女が仕切るか」

小籐次は次直を引き寄せると菅笠を手にした。秀次も十手を羽織の前の帯に突っ込み、狭い階段を下った。

中松屋の若旦那静右衛門が出向いた先は、市谷御門前にある市谷八幡だ。

この境内に上がる石段の途中に鎮座する茶の木稲荷は、眼病に効くというので参詣の人が絶えない。

その昔、この地に棲む白狐が大層な慌て者で、茶の木に目を突いて片目を失った。その謂れから、茶断ちをすれば目が治ると、繁盛するようになったとか。

「うつむいて茶の木いなりのほうに行き」

という古川柳は、稲荷に願を掛けに行く光景を詠んだものだ。

小籐次と秀次が市谷八幡宮の拝殿を見通す木陰に到着したとき、お花と静右衛門が拝殿の前で向き合っていた。

「お花、ひどいことをしてくれるじゃないか」

「あら、なんのことかしら」

「うちの大事な薬を持ち出したことさ」

「三年辛抱して一銭ももらわずに追い出されたのよ。あれくらい頂戴してもいいじゃないの」

「それにしても二百両で買い取れとは図々しい」

「あんたったら、お金を用意してきてないの」

「薬はうちのものだからね」

「なら、この話はなかったことにするわ」

静右衛門がお花の手をとろうとした。すると、拝殿の床から二つの影が姿を見せた。

「だれだね」

「私の弟よ」

松之助と梅吉が姉のお花を守るように静右衛門の前に割って入った。

「うちもひどい嫁をもらったもんだよ」

と別の声がして、今度は中松屋の姑おかるが浪人の用心棒三人を従えて姿を見せた。

「おっ義母さん」

「おまえにおっ義母さんなんて呼ばれる筋合いはないよ」

お花が、

きいっ

とした顔で静右衛門を睨んだ。

「相変わらずお袋さんの言うことしか聞けないんだね」

「お花、お店の浮沈に関わる大事な薬だからね」

「なら、恐れながらと奉行所に駆け込むわ」

お花と二人の弟がその場から逃れようとした。

「三人とも叩っ斬ってしまい！」

おかるの命が響き、

「おっ母さん、約束が違うよ！」

という静右衛門の声が呼応した。

松之助が懐から細長いものを引き出すと、包んであった布を解いた。月光に刺身包丁が姿を見せた。

浪人たちが剣を揃えて突っ込もうとする鼻先に、夜空を切り裂いて、
ぶうーん
という音が響いた。

一瞬、斬り合おうとする者たちの視線が音のするほうに向いた。

からから
と拝殿の前の石畳に音をさせて落ちたのは竹とんぼだ。

「薬種問屋の中松屋一家といい、嫁だったお花といい、なかなかの役者揃いだが、もういけねえ。こうして酔いどれ小籐次様が芝口橋からおいでになったんだ。観

念しねえ」

と秀次の啖呵が小気味よく響いた。

「赤目様、難波橋の親分」

お花の呆然とした声がして、

「お花、お父っぁんの顔にとうとう泥を塗っちまったな」

と秀次がお花を睨んだ。

「なんだか知らないが、こやつらも斬っておしまい」

おかるの新たな命が三人の用心棒を動かした。

二人が小籐次に襲いかかった。

もう一人は秀次に躍りかかった。

お花が、

「松之助、梅吉、この場は一旦引き上げるよ」

と姉の貫禄で命じ、石段のほうへと逃げ出した。

「お花、待ってくれ」

と静右衛門が追った。

刃の下で矮軀を沈ませ、次直を引き抜きつつ、小籐次は左右から斬りかかってきた二人の間に踏み込むと、二尺一寸三分の刃を引き回した。

胴が抜かれ、もう一人は胸から斜め上へと斬り上げた。

電撃の来島水軍流の抜き打ち、二人斬りだ。

ああっ！

と二人の用心棒が次々に倒れ、小籐次は次直を振り上げた残心の構えから秀次のほうを振り向くと、十手の鉤に相手の刃を挟み込んだ秀次が足を絡めて石畳に押し倒したところだった。

げげえっ！

石段のほうから壮絶な悲鳴が聞こえてきた。

その場は秀次に任せて石段へ走り寄ると、石段の上ではおかるとお花が揉み合った姿勢で呆然と階段下を見ていた。そのかたわらでは銀太郎が梅吉を逆手に捻り上げ、石段の下を見下ろしていた。

小籐次も見た。

石段下の、茶の木稲荷前の踊り場に、松之助が刺身包丁を自分の腹に突き立て、転がり回っていた。裾を乱した静右衛門も腰を抜かしたようにへたり込んでいた。

「赤目様、松之助と静右衛門が揉み合ううちに石段を踏み外してあのざまだ」

と銀太郎が言い、お花が、

「ま、松之助！」

と絶叫した。

第二章　無花果つぶて

一

難波橋の秀次親分は事件の後始末に追われていた。

小籐次は久慈屋の店の土間に桶と砥石を並べ、久慈屋の道具と足袋問屋京屋喜平の鋏（はさみ）や裁ち包丁を研ぎながら、秀次が報告に来るのを待っていた。なんとしても久慈屋に災禍が及んではならない。秀次と小籐次が気にかけたことだ。

そんな中、秀次が久慈屋に姿を見せたのは、市谷八幡の騒ぎから三日後のことだ。

「親分、ご苦労でした」

と大番頭の観右衛門が声をかけ、

「赤目様、台所に参りませんか」

と誘った。

奉公人お花と一家が引き起こした騒ぎは、展開次第では奉公先の久慈屋にも関わってくる話だ。お店を預かる観右衛門も真剣にならざるをえない。

小籐次は東海道を往来する通行人の目の届かないところに研ぎかけの刃物を仕舞い、台所に向った。

板の間ではすでに火鉢の前で観右衛門と秀次が対面していた。

「赤目様、松之助は二日二晩苦しんだ挙句に今朝方死にました」

秀次はまず二人に報告した。

刺身包丁を腹に突き立てた松之助は、直ぐに船河原町の医師のところに運び込まれた。

「駄目だったか」

「お花が殺したようなものでさあ」

秀次が言い、

「お花は嫁入り先の中松屋からご禁制の阿片を盗み出した罪がございやす。阿片を密かに所持し、医師などに小売りしていた中松屋とともに、厳しい吟味が待っておりやしょう。薬種問屋中松屋は何代も続いた看板を下ろし、家財を没収されるのは間違いありますまい。どのようなお裁きがあるか、ちょいと時間がかかりましょう」

「お花はどうしてます」

観右衛門が訊いた。

「女牢で観念しておりやす。おっ母さんと弟の梅吉は私の指図に従っただけだと、罪は一人でかぶる覚悟です。お花は遠島ですかねえ。お袋と弟は所払いくらいで済みそうだ」

「なんということ」

観右衛門が絶句した。

「松之助の死を知らされたお花は、身を捩(よじ)って大泣きに泣き続けたそうでさあ」

「自業自得とはいえ、やりきれませんね」

「大番頭さん、奉行所では、お花が久慈屋に奉公していたことと此度の事件は一切関わりなし、ということで決着をつけるとのことでさ」

「親分、世話をかけました」

「わっしの力ではございやせんよ。日頃の久慈屋さんの行いがそう決めさせたんでさあ」

「近藤様方には後ほどお礼を致します」

観右衛門が言い、

「あの世に行ったとき、松蔵になんと言い訳したらいいものか」

とそのことを案じ、

「大番頭さん、あの世の話はちょいと早うございますよ」

と難波橋の親分が苦笑いした。

その日、小籐次はひたすら久慈屋の店先で刃物を研いで過ごした。お花の運命を思うと暗い気持ちに落ちた。そのことを忘れたくて、いつも以上に刃物研ぎに没頭した。

夕暮れ前、京屋喜平の番頭の菊蔵が姿を見せて、

「ほうほう、だいぶ仕事が捗りましたな」

と研ぎ上がった刃物を見た。

紙問屋の使う刃物と足袋屋の刃物では様子がまるで違った。

京屋喜平の刃物は、女の足首にぴたりとそうような足袋の裁断に使われる。それだけに、道具の刃までどことなく曲線を帯びて艶かしい。一方、何帖もの紙を

ばっさりと裁断する久慈屋の刃物は豪快な反りをしていた。

　小籐次は仕事に合うように研ぎ分けていた。

「番頭さん、円太郎親方が気にいるとよいがな」

　円太郎は足袋問屋の職人頭だ。

「赤目様の研いだ刃物じゃないと仕事はできないというのが、近頃の親方の口癖ですよ」

「何本か残りそうだ。明日には研ぎ残しの道具をお届けに上がろう」

「助かります」

　菊蔵が研いだばかりの道具を抱えて店に戻っていった。すると、それを待ち受けていたように小籐次の前に人が立った。

　小籐次が見上げると、見知った顔が哀しげな面持ちで立っていた。

「赤目小籐次、そなた、お店の土間で刃物を研いで暮らしを立てておるか。五十(いそ)路(じ)になって情けなや」

　豊後森藩下屋敷用人高堂伍平(たかどうごへい)の金壺眼(かなつぼまなこ)には憤りも漂っていた。

「これはこれは、高堂様」

「そなた、屋敷に戻らぬか」

「ただ今の暮らしが、それがしには向いておるようです」

と答える小籐次の背に観右衛門が声をかけた。

「赤目様、お客様ならば座敷をお使いになりませんか」

ちらりと振り向いて会釈をした小籐次が、再び高堂用人に向き直り、

「高堂様、この近くに使いで参られましたか」

と訊いた。

「おおっ、そなたの姿を見ていたら、うっかりと大事な御用を忘れるところであったわ。そなたを訪ねて参ったのじゃ」

「それがしに御用ですか」

「赤目小籐次、驚くな。藩主通嘉（みちひろ）様がそなたに会いたいと仰せじゃ。同道せえ」

高堂用人は小籐次が未だ森藩に奉公しているような口調で命じた。

「通嘉様がそれがしに」

小籐次の胸がざわめいた。

通嘉は城中詰之間で同席の大名四家の藩主たちから、

「豊後森には御城もござらぬか」

という蔑（さげす）みの言葉を投げられ、屈辱に身が縮む思いをしたという。そのことを

偶然にも通嘉から告白された小籐次は、ある決意をし、脱藩した。

その場に同席していた丸亀藩京極家、赤穂藩森家、臼杵藩稲葉家、小城藩鍋島家の四家の大名行列を襲い、大名行列の旗印ともいうべき御鑓先を強奪し、藩主通嘉の屈辱を雪いだのだ。

この御鑓拝借騒ぎは、東海道筋のみならず江戸を騒がす大事件に発展した。

小籐次に御鑓先を強奪された四家、とくに肥前小城藩鍋島家では、久留島家を離れて浪々の身になっていた赤目小籐次を討たんと、何人もの刺客を送り込んできた。

玉川上水小金井橋での、刺客能見一族十三人と小籐次の死闘は江戸にも伝わり、読売が書き立てたので大評判になり、多勢に無勢の戦いを仕掛けたにもかかわらず敗れた小城藩の武名は、さらに泥に塗れた。

一方、騒ぎの真相を知った幕府では、密かに四家と赤目小籐次との手打ちを画策して、騒ぎは一旦鎮まったかに思えた。

(また、なにか新たな事態が出来したか)

「高堂様、これから参りまするか」

「それがしは空手で戻る子供の使いではないぞ。同道するために、わざわざ迎えに参ったのだ。有難く思え」

「はっ、暫時お待ちを」

小籐次は商売道具を手早く片付け、桶の水を往来に撒き捨てる前にその水で手先を濡らして蓬髪を撫でつけた。

「大番頭どの、本日はこれにて失礼致します」

帳場格子から心配げな顔で見守る観右衛門に挨拶すると言い足した。

「あのお方は、それがしの上役だった高堂伍平様でな。旧主久留島通嘉様がそれがしに会いたいと仰せられたとかで、迎えに参られたのです」

「殿様のお呼び出しでしたか」

と得心したような観右衛門が、

「森藩の参勤は四月でございますよ。あれだけの大仕事をなされた赤目様に、通嘉様からお呼び出しがないのは不思議なことと思っておりました」

と言い出した。

「それがし、もはや森藩とはつながりはないが」

「赤目様、それは違いますぞ。久留島通嘉様はどれほど赤目様のお蔭で名を上げられましたことか。わずか一万二千五百石の小藩に、小城藩など四家を向こうに回して藩主の恥辱を独りで雪いだ方がおられたのですからな。これは赤穂浪士の討ち入り以来の大事件にございます。それだけに、赤目様と通嘉様は見えない糸で心と心がしっかりと結ばれておられますよ」

「いや、あの騒ぎはそれがしが勝手にやったことじゃ」

「世間も御鑓を拝借された四家も、そうは考えておられませぬ。赤目小籐次様は通嘉様のために命を張られ、見事その屈辱を晴らされたのですからね。通嘉様からお褒め(ほ)の言葉があってしかるべきです」

と観右衛門が言い張った。

「そうかのう」

と首を捻った小籐次は、

「用人の迎えを断わるわけにはいかぬゆえ、まずは屋敷に伺うて参る」

「その恰好で参られますか」

「着替えと言うてもなにもござらぬ。屋敷奉公の折は厩番の身、だれもそれがしの衣服に文句は申すまい」

小籐次は平然と答え、次直を腰に差した。

豊後森藩の拝領屋敷は芝元札(ふだ)ノ辻(つじ)にあった。

小籐次は高堂用人の背後に従い、東海道を南へと下った。

「赤目、そなた、あのような研ぎ仕事を生計としておるのか」

「久慈屋どのをはじめ、町家の方々の親切でなんとか糊口を凌いでおります」

「江戸じゅうを大騒ぎさせたかと思うたら、店先の土間に座って刃物を研ぐ。全くもってそなたは久留島家の体面も考えておらぬな」

「体面と言われても、それがしはすでに森藩を離れた身でござる」

「なにを申すか。あれだけの騒ぎを起こした張本人が久留島家の家臣であったことは皆が承知しておる。辞めたと申すのはそなただけ、こちらはそなたの仕出かした後始末にどれだけ苦労したことか」

「高堂様、後始末をなされたのでござるか」

「おう、上屋敷に呼ばれて家老の宮内様など重臣方からきつい尋問を何度も受けたぞ」

「それはご迷惑でございましたな」

「そう、そなたがそう思うてくれねば、直属の上役だったそれがしの立場がない」

と応じた高堂が、

「とは申せ、近頃では下屋敷界隈でも森藩下屋敷はいささか有名でな。門前を通りかかった他家の行列がわざわざお駕籠（かご）を止めて、ほう、酔いどれ小籐次が奉公しておった久留島家下屋敷か、などと見物していきおるのだ。聞いておって鼻が高いぞ」

「はあ」

と曖昧な返答をした小籐次は、

「本日はなんの御用にございますな」

「殿様のお呼び出しである。下屋敷の用人風情（ふぜい）が御用の中味を訊けるものか」

と応じた高堂用人が、

「おぬし、まさかとは思うが、近頃あの四家と斬り合いを繰り返してはおるまいな」

「近頃、それがしの身辺は平穏無事にございます」

「ならばよい」

と答えた高堂用人が、

「いや、鍋島様方がそう簡単に引き下がるとも思えぬ。なにしろそなた一人に散々な目に遭わされたのだからな。小金井橋では十三人斬りをしのけたというではないか」

小籐次の返事はなかった。

「読売で知っても、酔いどれの小籐次がそのようなことをしのける豪の者とは信じられんでな。今も屋敷では虫籠などを作りながら、そなたのことが度々話題に上る」

と言った高堂が、

「おう、そなた、旗本水野監物様のお女中おりょう様と知り合いじゃそうだな」

「どうしてそのようなことを」

「夏前であったか、それがしが屋敷の門前に立っておると、見目麗しいお女中が供を連れて通りかかり、それがしに会釈をして、赤目様はご壮健でおられますかと訊かれたのでな、いろいろと話し合うた。聞けば、そなた水野監物様の危難を救うたというではないか。そなたほど武名が高まれば、人助け稼業で暮らしが立とう。往来に面した店先に莚を敷いて刃物を研ぐこともあるまい」

「研ぎ仕事は、それがしの天職にございます」

と小籐次が答えたとき、東海道と増上寺裏手の赤羽橋からくる二つの道が交わる芝元札ノ辻に出ていた。

久留島家上屋敷の表門が見えた。

「よいか、小籐次、殿の前に出ても気軽に返答を致すでないぞ。殿の前ではその都度、頭を下げて平伏しておるのだ」

「畏まりました」

暮れ六つ（午後六時）を過ぎて表門は閉じられていた。

高堂用人は通用門を警護する門番に丁寧に名乗り、小籐次にも頭を下げよと命じた。先祖代々仕えてきた久留島家だが、下屋敷勤めの厩番では上屋敷などに滅多に用はない。門番も小籐次がだれか知らぬ様子で、

「下屋敷用人どの、同道の者ですな」

と念を押した。

「しばらく待っておれ」

門内に入れられても内玄関の前で小籐次は待たされた。四半刻（三十分）も過ぎたか、

高堂用人がせかせかと姿を見せて、

「赤目、上がれ」

と命じて、内玄関からようやく屋敷に入れられた。

「そなたにはまずお重役方が面会致す。畏まって承れ」

小籐次はもはや久留島家の禄を離れた人間だ。旧主の通嘉ならば恩顧もあるが、一度として顔を合わせたこともない重臣に頭を下げる要もないのに、と思いながら高堂に従った。

幾つも廊下を曲がると、障子の向こうに人の気配がした。

高堂が障子の前に正座して、

「赤目小籐次、伴いましてございます」

と中へ声をかけた。

「入るがよい」

しわがれ声が命じた。

「赤目、粗相なきようにな」

高堂用人は座敷に入ることを許されていないのか、小籐次一人を座敷に入れた。

あちらこちらに点(とも)された行灯の灯りの中に五人の重臣がいた。

「控えよ」

若い声が命じ、

「江戸家老宮内積雲(せきうん)様の前である」

と告げた。

ふうっと小籐次の脳裏に十八年も前の出来事が浮かんだ。

小籐次は下屋敷から上屋敷へ使いに来て、台所で延々と待たされた。

夕暮れになり、女衆の一人が気を利かせて茶碗酒を小籐次に差し出した。

三十過ぎになって酒の味を覚えたばかりの小籐次は断わり切れず、茶碗の酒に口をつけた。

藩主通同（みちとも）が帰邸したのはその直後だ。

使いの返事をもらわんと玄関先に出た小籐次の酒の匂いに気付いた江戸家老磯村主馬（しゅめ）が、

「おのれ、使いに来て酒を酔い喰（く）らっておるな！」

と激怒し、手打ちに致す、と刀を手にしようとした。

森藩の家臣の中で磯村家は別格で、

「ご一族」

と呼ばれ、代々家老職の家柄だ。

主馬も若くして江戸家老に就任したほどの切れ者で鼻っ柱も強く、癇症（かんしょう）の持ち主だった。

小籐次は咄嗟（とっさ）に死を覚悟した。

その折、先代藩主の通同が、

「待ちくたびれてつい一口飲んだのであろう。許して遣わせ」

と主馬を宥（なだ）めて小籐次の首が繋がった経緯があった。

通同の嫡男、通嘉が城中で恥辱を受けたと知った小籐次は、

（あの折の恩を返すとき）

という思いがあった。それが大名四家の行列を襲い、御鑓拝借した動機であった。

「下郎、おれの兄者との因縁、覚えておるな」

還暦を過ぎた宮内積雲が、

ぎょろり

とした目玉を向けた。

磯村主馬はただ今の江戸家老宮内積雲の実兄であった。兄の主馬が亡くなった後、宮内家に養子に出ていた積雲が江戸家老に就任していた。

「承知にございます」

「そなたのおかげで森藩久留島家の名声はとみに上がった。だが、同時に新たな

苦労を強いられてもおる」

「恐縮にございます」

「昔に比べ、ふてぶてしゅうなったな」

「ご家老が貫禄をつけられたと同様、こちらは甲羅(こうら)を経ましてございます」

「赤目小籐次、おれは礼など言わぬ。此度の一件、森藩にとって損か益か、未だ答えは出ておらぬ。さよう心得よ」

「はっ」

と小籐次は応じた。

二

久留島通嘉は離れ座敷で一人、小籐次を待ち受けていた。小籐次を案内した小姓もそう言い聞かされているのか、

「殿がお待ちにございます」

と離れ座敷の外廊下で言うと姿を消した。

小籐次は障子を透かした灯りがほのかに落ちる廊下に平伏し、

「赤目小籐次、参上致しました」

と小さな声で言った。

「参ったか、入れ」

小籐次は動けない。

「入らぬか」

「弊衣にございますれば」

「構わぬ」

「それがし、殿にお目通りが叶う身分ではございませぬ」

「代々赤目家を厩番に使うてきたわが藩の目のなさよ。恥じ入るばかりぞ」

座敷で通嘉が立ち上がる気配があって、庭に面した縁側へと出たようであった。

だが、しばし声はかからなかった。

「赤目小籐次、庭に下りてこちらに回れ」

小籐次は命じられるままに裸足で庭へと回った。すると縁側に通嘉が独り座し、そのかたわらには銚子と酒器があった。

「月明かりを愛でるもよし、酒を酌み交わすもまたよし」

小籐次は庭に座した。

「遠慮は要らぬ。ここにはそなたと余だけぞ」

「はっ」

と答えたが、それでも小籐次は動けない。

「桐ヶ谷村では、高台の斜面に一緒した仲ではないか。それでは話せぬ。余が許す、近う寄れ」

桐ヶ谷村とは下屋敷近くの村だ。あるとき、下屋敷を訪ねた通嘉が愛馬の紅姫に乗り、単騎屋敷の外へと遠乗りに出かけた。小籐次だけがそのことに気付き、徒歩で必死に追って通嘉と紅姫を探し当てたのだ。城中での屈辱の事件を聞かされたのはそのときのことであった。

小籐次は腰を屈めて立ち上がると、二、三歩通嘉に近寄った。

「もそっと、近う。縁側に掛けよ」

再三の勧めに小籐次はようやく通嘉から離れて、縁側の下に控えた。

「酒も酌み交わせぬではないか」

銚子と酒器を持った通嘉が庭下駄を履いて庭に下り、小籐次のかたわらまで来ると酒器を差し出した。大ぶりの白磁の器だった。

「そなたは酒が好きであったな。器を持て」

「はっ」

　小籐次は顔を伏せたまま器を押し戴いた。すると通嘉が酒を注いだ。自らも酒器に酒を注いだ通嘉が、

「小籐次、大儀であった」

　と声をかけ、

「そなたと余だけの酒盛りじゃ。共に飲み干すぞ」

　と命じた。

「はっ」

　小籐次は両手で押し戴いた酒をゆっくりと飲んだ。縁側に腰を下ろした通嘉も酒器を干した。

「久しぶりの挨拶はなったな」

「はっ」

「余の愚痴が、小城藩鍋島様方にあれほどの危難をもたらそうとは考えもしなかったぞ」

「恐れ入りましてございます」

「参勤下番の道中で事情を知らされたとき、正直、なにが起こったやら推測もつ

かなかった。だが、讃岐丸亀藩の京極高朗様、続いて赤穂藩の森忠敬様、さらには臼杵藩稲葉様と続けて行列が襲われ、次々に御鑓先が斬り奪われたと聞き及び、余はそなたのことを思い出した」

「……」

「そなたは余の恥辱を一人で雪ぎおった。余はなんという果報者か」

「恐れ入りましてございます」

「此度の参勤に際して家臣どもは戦々恐々でな。余が鍋島公らに詰之間で会うた折に、なんぞ意趣返しをされるのではないかと思うて、江戸まで上ってきた」

小籐次が行列の御鑓を拝借した四家は、久留島家より家格が上の大名家ばかりだ。家臣の危惧は当然といえた。

「余も覚悟はしておった。重臣の中には詰之間で顔を合わせたら、こちらから詫びの言葉を口にせよと申す者もいた。御家大事、新たな事が起きなければと、大半の家臣が肚の中で正直そう思うていたのであろう」

「なんともご心労を……」

小籐次は返事に窮して絶句した。

「そなたが孤軍奮闘、武門の意地を立てたのじゃ、来島水軍の体面を保ったのじや。余が詫びの言葉を口に致せば、そなたの勲しを汚すことになると思うた。なにがあろうとそれだけは致すまいと心に誓うて、城中の詰之間に赴いた」

小籐次は身を硬くして通嘉の話に耳を傾けていた。

「異変とは、またなんでございましょうか」

通嘉は小籐次の器に酒がないことを知り、新たに注いだ。

「恐悦至極に存じます」

「余と二人のとき、遠慮は無用じゃ」

と言いながら自らの器にも酒を注いだ。

「城中に上がった余にいきなり、御三家水戸中納言斉脩様のお呼び出しがあった。一万二千五百石の外様小名と御三家水戸様とに縁などあるわけもない。ともあれ、斉脩様の待たれる詰之間大廊下へ急ぎ参った。するとな、斉脩様自ら余に声をかけられた……」

「通嘉どの、よう参られた。驚かれたであろうな」

「はっ」

と通嘉は畏まった。

このとき、通嘉は三十二、斉脩は弱冠二十二歳だった。二人の家格はまるで違った。その斉脩が、

「参勤ご苦労に存ずる。道中何事もなかったかな」

「お蔭様にて恙無く江戸入りしてございます」

なによりでござった、と応じた斉脩が、

「通嘉どの、御鎧拝借の赤目小籐次、そなたの家臣であったな」

と尋ねられた。

「水戸様にはそのようなことまでご存じにございますか」

「江戸で赤目小籐次の名を知らぬ者はおるまい。さすがは来島水軍の末裔かな。通嘉どの、羨ましきかぎりじゃ」

通嘉は水戸斉脩の本心が分らず返答に困っていた。

「訝しいと思うておられようが、水戸家と赤目小籐次、ちと曰く因縁がござってな」

「な、なんと赤目が、水戸様になんぞご不快なことをしのけましたか」

通嘉の顔は引き攣り、真っ青になった。

小城藩鍋島家など四家を敵に回したばかりか、御三家水戸の不興を買ったとなると、久留島家など風前の灯だ。

「勘違いめさるな。赤目小籐次は水戸を助けてくれておる。近々水戸城下に参ることも決まっておるのだ」

「赤目小籐次が水戸様をお助けするとは、またどういうことにございますか」

「通嘉どの、水戸の恥を晒すことになるで、その仔細は申せぬ。だが、赤目と水戸はすでに親しきつながりを持っておる」

と言われても、三両一人扶持の厩番と御三家水戸の関わりなど通嘉には想像もつかなかった。

「通嘉どの、そのことはよい。斉脩、そなたにちと頼みがある」

「水戸様のお頼みとはなんでございますな」

「赤目小籐次の身柄、水戸家で申し受けたい」

あっ！

と通嘉は驚きの声を上げた。夢にも思わなかった申し出であった。

「赤目小籐次を召し抱えられるということにございますか」

「いかにも」

と答えた斉脩が、

「もっとも、赤目はこの一件、未だ知らぬ」

ふうーっ
と通嘉は息を吐いた。

「水戸様、赤目小籐次はわが久留島家に愛想を尽かして外に出た人間にございます」

「愛想を尽かした者が大名四家に独り襲いかかるものか。真実はそなたに累を及ぼさぬように屋敷から離れたということであろう。だが、真相は別にして、そなたが赤目は藩の者でないと答え、赤目もまたその手続きを踏んで外に出たものなれば、水戸が声をかけてなんの不思議もなかろう」

「いかにもさようにございますが」

「それでも訝しいと申すか」

「ははっ」

「通嘉どの、水戸が御鑓拝借の赤目小籐次の身をもらい受けたいという話、たちどころに御城中に広まるであろう。それが大事なことなのじゃ。赤目小籐次にとっても四家にとってもな」

　はっとして通嘉は気付かされた。

「……小籐次、水戸中納言様は、小城藩鍋島家などがこれ以上そなたに手を出さぬよう、そなたの身を水戸にもらい受けようとなされたのだ」

「なんとそのようなことが……」

　小籐次は全く知らぬことであった。

「そなた、水戸様とご縁があるのか」

「はっ、ないこともございませぬが」

　水戸藩領内に産する西ノ内和紙と竹を使い、照明具、「ほの明かり久慈行灯」の製作指導に小籐次が当たることが決まっていた。その名の命名者は斉脩自身だった。

　だが、赤目小籐次が水戸家に奉公するとかしないとかとは別の問題である。また、創意した行灯の製作に携わるなど、小籐次の口から話すわけにもいかなかった。

「斉脩様はそなたの身と四家とわが久留島家のことを思い、そなたを水戸家の息がかかった者にしておこうとお考えになられたのだ」

「なんとも曖昧な話にございますな」

「そう思うか」

小籐次は首肯した。

「水戸斉脩様にお目通りした後、それがし、詰之間に入った。そこにはすでに小城藩の鍋島直尭(なおたか)どのと臼杵藩主稲葉雍通(てるみち)どののお二人がおられて、余の顔を見ると直ぐに挨拶に参られ、改めて森藩の城なきことを嘲笑なされた一件を詫びられたのだ」

小籐次は驚いた。

「飲め、小籐次」

と笑みを浮かべた通嘉は、

「そなたの勲しにより、余は恥辱を雪がれた。また今、水戸様のご好意により、四家はもはやそなたにもわが藩にも手が出せまいと思う」

「はい」

「赤目小籐次、そなた、水戸家に奉公いたすか」

「奉公は一家にて十分にございます」

「水戸は御三家、三両一人扶持ということはあるまい」

通嘉が自嘲の笑みを浮かべた。

「古来、忠義を尽すべき主は御一人と決まっておりまする」

「余だけがそなたの主か」

「いかにもさようにございます」

「愉快よのう」

通嘉が笑い声を上げた。

「小籐次、そなたがどこに参ろうと、余との主従の縁は切れぬぞ」

「いかにもさようにございます」

「水戸様にお目通りして以来、斉脩様のご好意を有難くも感じながら、余は一方で鬱々(うつうつ)とした気持ちを捨て去ることができなかった。余も家来も、そなたの稀有(けう)の武芸と忠義心を知ることなく外に出したのだからな」

「もはや、そのようなことは大したことではございませぬ」

うーむ
と頷いた通嘉が、

「小籐次、そなた、屋敷を出てなにを生計としておる」

「町家に暮らしながら、研ぎ仕事で糊口を凌いでおります」

「不自由はないか」

「紙問屋の久慈屋をはじめ、多くの方々に助けられておりますゆえ、不自由はございませぬ」

「そなたの自由がちと羨ましいぞ。小籐次、余が下屋敷に参る折は知らせる。顔を見せよ」

と通嘉が命じ、

「ささっ、もそっと飲め」

と銚子を差し出した。

ほろよいの小籐次は、小姓の案内で玄関先に戻ってきた。すると、そこに高堂伍平用人が心配げな顔で待ち受けていた。

「長かったのう」

と言いかけた高堂が、

「そなた、非礼はなかったか。うーむ、酒の匂いが致すが、酒が供されたか」

とそのことを気にした。そこへ足音が響いて、江戸家老宮内積雲が姿を見せた。

「赤目、殿との面談、一切外に洩らすでない。いや、ご対面などなかったことだ」

と釘を刺した上で、

「高堂、ちと離れておれ」

と下屋敷用人を遠のけた。

「赤目、殿とどのような話をしたか察しがつかぬ宮内ではない。だが、そなたが騒ぎを引き起こした鍋島家など四家との諍い、事が終わったと思うなよ」

「ご家老、なんぞ承知のことがございますので」

宮内はしばし闇の一角を睨んでいたが、

「殿が水戸様に呼ばれた日、御城を下がるために幸橋御門を潜ろうとしたと思え。御門番がそれがしを呼び止めた。その場には小城藩鍋島家の用人鮫津某という者が待ち受けておった」

「豊後森藩久留島家江戸家老宮内積雲どのにございますな」

「いかにも」

行列はすでに御門外へと向っていた。

「江戸家老水町蔵人の言付けにござる。鍋島家と久留島家には些か争い事これあり、仔細は申すまでもなきことにござるな」

「いかにも」

宮内も緊張の体で答えた。

「われら江戸屋敷の重臣、家臣団の憤慨を止めんと、これまでも非常の努力を傾けて参った。そのせいもござろう、なんとか事が鎮まったかに見えておる」

「違うのでござるか」

「宮内どの、赤目小籐次とやら一人に受けし無念、そう簡単には消え申さぬ。武家ならばお分り頂けよう」

「鍋島家では赤目小籐次に新たな刺客を送ると申されるか」

「鍋島家は一切与り知らぬところでござる。これはわが密偵が探り出した一件でな、鍋島家が関わりなきことの証しのためにそなたにお聞かせ致す」

「それはまた親切なことでござるな」

宮内は苦笑いを浮かべた。

「鍋島家では、赤目小籐次を討つために密かに組織されていた追腹組をすべて藩外に放逐致した。つまりは、もはや小城藩とは関わりない」

「赤目小籐次が森藩久留島家と関わりなき者と同じようにでございますな」

「いかにもさよう」

と答えた鮫津が、

「藩外に出た追腹組は、丸亀藩、赤穂藩、臼杵藩の有志と接触（つながり）を持ち、共闘する気配にござってな。江戸にすでに潜入したという噂もござる」

「ほう」

「ともあれ、小城藩はこの事に一切関わりなしにござる。偏（ひとえ）に、これまでの経緯に鑑みお知らせ申す」

「赤目小籐次を新たな刺客が襲うということでござるな」

「いかにも」

しばし考えた末に宮内積雲は、

「ご好意忝（かたじけな）し」

と答えていた。

「……ご家老、なぜそのような話をそれがしにお聞かせなさいます」

「赤目、そなたを新たな刺客が襲う。このこと、そなたが当藩に奉公していた誼（よしみ）

を以て知らせておく。だが、今や赤目小籐次と森藩は一切関わりなしじゃ。とは申せ、そなたが直ぐに殺されたでは森藩の体面にも関わるでな。心して動け」

積雲がにたりと笑った。

「ご家老、承知しましてございます」

小籐次は式台に立つ宮内に頭を軽く下げると、閉じられた門の内側で待つ高堂用人へと歩み寄った。

三

芝元札ノ辻で小籐次は迷った。

高堂用人は下屋敷に戻るためには東海道を大木戸近くまで南下する。一方、小籐次は反対に芝口新町の長屋へ戻るために北へ向う。本来ならば左右に別れるのだが、

「用人、下屋敷まで送って参ります」

と言った。

宮内の言葉が気になっていたからだ。

「うーむ」

と応じた高堂用人が、

「なんぞ懸念があるか」

「というわけでもございませんが」

すでに小籐次の足は森家の下屋敷に向っていた。肩を並べた高堂用人も背丈は決して高くはなかったが、それでも小籐次より二、三寸高かった。

「赤目小籐次、ご家老の言葉なれば気に致すな。だれにもあのように横柄に申されるのだ」

「宮内様は、殿が厩番風情のそれがしと対面を望まれたことを怒っておられるようですな」

「ご家老の癇癪は近頃一段と度を増したと下屋敷にも伝わってくる。だがな、ずるいところもあるお方だ」

「ずるいとはなんでございますな」

「そなたのことよ。話し相手によっては、そなたが藩とは一切関わりなしと答えられ、また別の方には未だ御鑓拝借、十三人斬りの赤目小籐次は藩と関わりあるが如くに答えられるそうな。そなたの名を付き合いに巧妙に利用しておられるのだ」

「そのようなことでございましたか」

高堂はしばらく黙って歩みを続けていたが、大木戸の手前で言い出した。

「屋台の二八蕎麦（そば）屋が出ておる。腹に詰めていかぬか」

行く手の芝車町の海岸際に赤い灯りが見えた。

「高堂様は腹を空かせてお待ちでしたか」

「そなたも夕餉を馳走になったわけではあるまい」

「一献（いっこん）頂戴しただけにございます」

小籐次の声からは誇らしげな気持ちが伝わってきた。

「ならば付き合え」

的を矢が射抜いた提灯（ちょうちん）の絵看板に、

「あたり屋」

と書かれた二八蕎麦屋の親父に、

「許せ」

と声をかけた高堂は、かけ蕎麦と酒を頼んだ。

「へえっ」

二つの一合枡(ます)に酒が注がれた。
「蕎麦ができるまでのつなぎじゃ、飲め」
と小籐次に言った高堂用人は、腰を折ると口を枡の角に持っていき、
ちゅう
と啜った。
小籐次は枡を片手に摑み、ひと滴(しずく)も零(こぼ)すことなく口に運び、
きゅうっ
と喉を鳴らして悠然と半分ほど飲んだ。
「美味でございますな」
「酔いどれ小籐次とて、そう一息に飲むでないぞ」
と高堂用人が注意した。その折、
ちらり
と蕎麦屋の親父が小籐次を見た。
「そなた、殿となんの話をした」
「内密にございます」
「なに、この高堂伍平にも話せぬというか」

「それがしが藩屋敷を訪ねたことは、藩内にも他家にも極秘のことにございましょう。さすれば、殿とのご対面もあろうはずもない」

小籐次は残りの枡酒を飲み干した。

「高堂様、殿はこう仰せられましたぞ。下屋敷に参る折は知らせるゆえ、顔を見せよと」

「なにっ、下屋敷で会うと仰せられたか」

「はい」

「上屋敷と違い、万事気楽じゃからな。小籐次、殿が許されたのじゃ、時に下屋敷に顔を見せよ」

小籐次の空になった枡に酒が注がれた。

「二杯目をだれが出せと申した」

高堂が咎めた。

「酔いどれ小籐次様がうちに立ち寄られたんだ。一杯だけでお帰ししたんじゃあ、仲間内に笑われちまう。用人様よ、おれの気持ちだ、好きにさせて下せえ」

蕎麦屋の親父の顔が捩り鉢巻の下で笑っていた。

「そなた、この者を承知か」

「品川宿でよ、小城鍋島様の行列を一人で襲われた一部始終、この蕎麦屋の吟八はとくと拝見させて頂きましたぜ。普段は威張りくさっている大名家の行列が右往左往してみっともねえったらありゃしねえや。赤目様、お見事でしたな、溜飲が下がりましたぜ。これはあの折の拝見料にございますよ、好きなだけ飲んで下せえ」

と言った親父は、高堂の枡にも注ぎ足した。

「そなた、なんとも武名を江都に売ったな」

「それで大迷惑もしております」

「だが、決着はついた。そなたの一人勝ちよ」

高堂用人はなんとも満足げに新しく注がれた酒を飲み、

「親父、この酔いどれ小籐次はそれがしの配下でな」

と胸を張った。

二杯の枡酒とかけ蕎麦を二人は食した。高堂が代金を払おうとしたが、二八蕎麦屋はがんとして受け取らないばかりか、

「赤目様、当たり矢の絵看板を見たら、必ず顔を出して下せえ」

と送り出した。

「赤目小籐次、森藩に戻らぬか。それがしが頭を下げてでも宮内様にお頼みするがのう」

「宮内様は決して許されませぬ。それに市井の暮らしもよいものです」

「店の土間で莚に座り、刃物を研ぐことがそれほどよいか」

「はい。地べたからものを見ますと、人の本性が見えましてな、なかなか面白うございますよ」

二人は話しながら東海道を外れて芝伊皿子坂を上がり、伊皿子台町の辻を高輪へと向って曲がった。左手は町家、右手は肥後熊本藩細川家の中屋敷の塀が延々と続いていた。さらに人通りも絶えた道は寺町に変わった。

「愉快なり、小籐次。そなたがこの高堂伍平の配下であったとはだれも知るまい」

二合の酒に酔った高堂用人の体がゆらゆらと揺れていた。

「よう、虫籠やら団扇を作りましたな」

「今も内職が本業じゃぞ」

一万二千五百石の久留島家下屋敷では用人以下全員が、竹細工の内職に精を出して日銭を稼いでいた。

「高堂様、考えてみますれば、それがしのただ今の暮らし、刃物研ぎといい、竹細工といい、屋敷で覚えた技が身を助けておりまする」

「なにっ、研ぎのほかに竹細工でもめしが食えるか」

「まあ、なんとか糊口は凌げます」

　水戸藩とのつながりは屋敷で覚えた竹細工の技であったと、高堂用人に説明できなかった。

「それも気楽でよいかのう」

　芝二本榎(にほんえのき)の辻を西へと曲がると、大和(やまと)横丁と呼ばれる小路に入る。その中ほどに水野監物の下屋敷があって、おりょうが奉公していた。

　だが、刻限はすでに四つ（午後十時）を過ぎ、辺りは森閑(しんかん)としていた。

「小籐次、おりょう様はもはやお寝(やす)みじゃぞ」

　小籐次の胸の中を察したように高堂用人が言い、

「額は禿(は)げ上がり、団子鼻が大顔の真ん中に鎮座してござる。そのうえ、兎(うさぎ)のような大耳が顔の横に出て、不細工極まりない。この男がなぜ、蕎麦屋ばかりか、おりょう様のように見目麗しい女性(にょしょう)に慕われるかのう。高堂伍平にはちと理解がつかぬぞ」

右手に今里村の畑作地が、そして、この先に疎水が流れていた。流れは北に向い、麻布田島町で新堀川に注ぎ、芝浦の海へと流れ込む。陸奥八戸藩南部家抱え屋敷の湧水池から流れ出す疎水だ。

季節は陰暦七月、虫が集いていた。

「どうした、赤目」

「待ち人がおられます」

「なにっ」

高堂用人が酔眼を闇に向けた。

「だれもおらんではないか」

行く手に提灯の灯りが一つ点された。

うーむ

と高堂が呻いた。

小籐次は提灯の家紋に覚えがあった。

隅立四つ目結は肥前小城藩鍋島家の紋だ。

「高堂様、お静かに」

小籐次は足を止めた。

　さらにもう一つ灯りが浮かんだ。五三桐は讃岐丸亀藩京極家の紋所だ。

「赤目」

　高堂用人がふらつく腰で小籐次の注意を後ろに向けさせた。そこにも二つの家紋入りの提灯が浮かんでいた。

　角折敷に三文字と根笹だ。角折敷に三文字は豊後臼杵藩稲葉家の紋、根笹は播磨赤穂藩森家の家紋だ。

　宮内積雲が小城藩の言付けとして告げた、小城藩の追腹組に主導された三家の有志が連合したことを小籐次に知らせようとしたものか。

「赤目、なんの悪ふざけか」

「高堂様、この四つの提灯の家紋は、小城、丸亀、臼杵、赤穂の各藩主の紋所にございますよ」

「な、なんと、また新たな刺客が向けられたということか」

「高堂様、まずは南部屋敷の塀下へしゃがんで下され」

　と小籐次は高堂用人を促し、暗がりに座らせた。

　夜風が南部家の庭木の枝葉を揺すって吹き抜けた。すると、鳴いていた虫の声が止まった。

前方の二つの灯りの前に大きな影が立った。

灯りを背にした者の姿は黒々として見えなかった。

深編笠に革の袖無し羽織を着て、裁(た)っ付(つ)け袴(ばかま)、草鞋(わらじ)でしっかりと足元を固めていた。

旅の武芸者か。

「赤目小籐次よのう」

「お手前は」

「心形刀流(しんぎょうとう)左右田鹿六(そうだかろく)」

「小城藩ら四家の刺客か」

「そう考えられてもよい。そなたにはなんの恨みつらみもござらぬ。武芸者の一念とでも考えられよ。そなたの一命を申し受けたい」

「迷惑なり」

小籐次が返すと、左右田は深編笠を脱ぎ捨てた。

四十前後か、角ばった顎(あご)に無精髭(ぶしょうひげ)が生えていた。

数間先で腰の剣を抜いた。

刃渡り二尺七、八寸はありそうな豪剣だ。

「参る」

刀が立てられた。

小籐次は次直二尺一寸三分を抜いた。軽く切っ先を左前に傾けて流した。

左右田鹿六が走り出した。

腰を沈めた巨体が軽やかに疾駆した。

見る見る間合いが詰められ、数間に迫った。

えいっ！

気合いとともに左右田の巨体が虚空へと飛んだ。

五尺一寸余の小籐次をはるかに見下ろす虚空へと飛び上がった左右田の立てた剣と巨軀が、小籐次を押し潰さんばかりに雪崩れ落ちてきた。

小籐次は流した次直はそのままに、左右田が落ちてくる真下に身を踏み込ませた。

間合いを狂わされた左右田が、
ふわり
と小籐次と背中あわせに着地し、膝を曲げて衝撃を和らげた。

その姿勢で振り下ろされた豪剣が手元に引き付けられ、左右田鹿六は身幅の厚

い剣の峰先に左手を添えて、

ぐるり

と切っ先を回し、背の小籐次へと突き出した。

流れるような動作だ。

小籐次は背から殺気を感じながらも逃げなかった。

反対に左右田鹿六の広い背に身を預けるようにして押した。

中腰の左右田は押されて前方へたたらを踏んだ。

そのせいで、突き出された剣の切っ先は無益にも流れて小籐次の身に届かなかった。

小籐次は、

くるり

と振り向き、左右田も同時に伸び上がりながら巨軀を反転させた。

一瞬早く敵の正面に向き直った小籐次が間合いを縮めた。

左右田は豪剣を右脇へと転じていた。

その懐に飛び込んだ小籐次が鋭く次直を旋回させた。

刃が光と変じて左右田の脇腹から胸部へと斬り上げ、

ぐらり
と巨体が揺れて、竦んだ。
ふーうっ
とその口から息が洩れた。
「来島水軍流流れ胴斬り」
小籐次が洩らし、
「酔いどれ小籐次、恐るべし」
という言葉が左右田から吐き捨てられて、巨石が崩落するように斃れ込んだ。
小籐次は次直を引き付け、斃れた剣客から周囲に目を転じた。
前後を囲んでいた家紋入りの提灯四つは、いつの間にか消えていた。
（また刺客に追われる日々が始まるか）
そのことが脳裏を過った。

四

深川蛤町の裏河岸の船着場には見知った顔がいて、小籐次を温かく迎えてくれた。

秋茄子（なす）など季節の野菜を積んだ百姓舟の中からうづが、

「赤目様、どうしていたのよ。皆心配して、私が近々芝口新町の長屋に訪ねていくことになっていたのよ」

と菅笠を被った顔を向けた。

「心配をかけて相すまぬ。あれやこれやと雑事が重なり、大川を越えられなかったのじゃ」

「元気なのね」

「このとおり壮健じゃ」

「よかった」

と、うづがようやく顔に笑みを浮かべてくれた。

「酔いどれさんよ、外回りが来たり来なかったりじゃあ得意先をなくしちまうよ。うづちゃんもこのように案じていたんだ。ちったあ性根を入れ替えて働きな」

馴染みの客の中の一人おかつが叱った。さらに、

「竹藪（たけやぶ）蕎麦の親父もさ、黒江町の曲物師（わげものし）の万作さんも待ってたよ」

と告げた。

「全くもっておかつさんの申されるとおりじゃ、真にすまぬことであった。あとで万作親方のところにも詫びに参る」

小籐次は頭を下げて、おかみさん連に引き物の風車や竹とんぼや笛を詫びの印に渡した。すべて竹で作られた品だ。

おかつたちが秋茄子やら大根やら無花果を抱えて船着場から賑やかに引き上げたため、急に静かになった。

「赤目様、ほんとうに何事もなかったの」

「うづどの、久慈屋さんが高尾山薬王院に紙を納めに行く道中に従ったのじゃ。それはそれでなんとか済んだのだが、江戸に戻ったら戻ったで、ご用が次々に待っていてな。身動きがつかなんだ」

「それならいいけど」

「うづどの、昼飯を一緒に食してくれぬか。詳しい話はそのときしよう」

「それはいいけど」

「ならば、万作親方の仕事場を回ってこよう」

小籐次は桶の中に砥石など商売道具を入れて小舟から船着場に上がった。

「秋の陽射しは思いのほか強いわ。菅笠を忘れないで」

うづが小籐次の小舟に転がる破れ笠を摑むと差し出した。

「おおっ、よう気が付いたな」

菅笠を被った小籐次は桶を抱えて船着場から河岸道に上がった。

小籐次が、今里村南部八戸藩の抱え屋敷近くで四家が繰り出した新たな刺客を斃して、二日が過ぎていた。

水戸行きは御用船の都合がなかなかつかないのか、連絡が来なかった。そこで小籐次は翌日から普段の暮らしに戻すことにした。

刺客に追われる日々は四家の大名行列を襲ったときから覚悟のうちだ。初心に返って、その気持ちで生きていけばよいことだと肚を据えた小籐次は、昨日は久慈屋の店先に筵を敷いて研ぎ場を作り、久慈屋と足袋問屋京屋喜平の道具を手入れして一日を過ごした。

深川蛤町の裏長屋ではすでに職人衆は普請場に出かけ、棒手振りたちも商いに出て、居職の男が立てる仕事の音が長閑(のどか)にも響いていた。

黒江町八幡橋際に行くと、万作親方の声が通りまで響いていた。

「太郎吉、力任せに檜(ひのき)を削るんじゃねえ。道具と材料に相談しいしい動かすんだよ」

長年一人で仕事をしてきた万作親方の許に、外修業に出ていた倅の太郎吉が戻ってきた。親子一緒に肩を並べて、仕事を始めていた。曲物を作っては名人と呼ばれる万作もどこかほっとした様子だ。

「親方、長いこと無沙汰をして相すまぬ。怒っておられような」

おずおずと小籐次が軒下から声をかけると、

「赤目様、待ってましたぜ」

と大声を上げ、

「太郎吉、研ぎ場を作って差し上げな。それからよ、水もたっぷりと汲んでくるんだぞ」

と矢継ぎ早に命じて、太郎吉がさっと立ち上がった。

「太郎吉どの、水はそれがしが汲みに参る」

「師匠、弟子にやらせて下さいな」

太郎吉が筵を土間に敷くと井戸端へと走った。太郎吉が小籐次を、

「師匠」

と呼ぶのは研ぎ方のこつをいくつか教えたからだ。

「赤目様が来ないからさ、太郎吉の研ぎの腕が鈍っちまったよ。直ぐ忘れやがる

んだ。まだ五体に教えが染み込んでねえのさ、頭で覚えているからこんなことになっちまう」

「だいぶ留守をして蛤町界隈に迷惑をかけた」

「どうしていなさった」

小籐次はここでも高尾山行きの話をひとくさりした。

「火伏せ札の高尾山に参られ、刀研ぎをなさっておられたか」

「思い掛けなくも高尾山琵琶滝の研ぎ場を使わせてもらうことになってな、久しぶりに刀研ぎを堪能した」

「赤目様の研ぎは天下一品だ。それが刀研ぎで修業し直されたとなれば、また一段と腕を上げられましたな」

と万作が、楽しみなという顔をした。

「師匠、汲み立ての水ですよ」

と太郎吉が桶に水を入れて運んできて、小籐次の桶に注ぎ分けてくれた。

「造作をかけた礼代わりだ。先ほど親方から注意を受けていた折の道具を見せてはくれぬか」

「へえっ」

檜の薄板を削るのに使う小ぶりの鉋を万作が持ってきた。それを受け取った小籐次は片目を瞑り、仔細に刃先と台の具合を点検した。

「腕を上げられたな、太郎吉どの」

緊張して小籐次の言葉を待っていた太郎吉が、

にっこり

とした。

「だが、刃先を研いだところまではいいが、台への据付け具合がいかぬな。職人衆の道具は本来、無理な力を加えずとも削れるようにできておる。無駄な力が入るということは、どこぞに無理があるということじゃ。鉋をはじめ、道具を作る職人衆は、そのように作っておられるでな」

小籐次は木槌を借りて台から鉋の刃を外し、並べ終えていた砥石のうち仕上げ砥を水で濡らして研ぎ始めた。

「太郎吉どの、引く手押す手どちらにも無理があってはならぬ。滑らかに、谷川の水が流れ下るように体全体で研ぎなされ」

小籐次は鉋の刃先を砥面にあて、太郎吉の研ぎ癖を直した。

台に戻し、刃先を調節した小籐次は、

「これで削り直してみなされ」

と太郎吉に渡した。

太郎吉が礼を述べて、自分の作業場に戻り、檜の薄板に鉋をのせて手元に、
すいっ
と引いた。

秋の陽射しが差し込む作業場にしゅるしゅると、檜の薄い帯が美しい円を描いて現れ出た。辺りに木の香も漂った。

「師匠、よく削れます。鉋くずがどこも同じ薄さですよ」

「太郎吉、それが赤目様の業前だ。頭で覚えるんじゃねえ、手先で覚えるんだぞ」

と万作が倅に注意した。

小籐次は昼までかかって万作の道具の研ぎを終えた。

「経師屋の安兵衛親方も赤目様の到来を待ってましたぜ」

「一旦、蛤町の船着場に戻る。野菜売りのうづどのと蕎麦を食う約定をしたでな。昼過ぎ、註文がないようであれば、またこちらに戻って参ろう」

万作は商売道具の研ぎ料に三朱呉れた。

「有難く頂戴致す」

「本来なら一分でも少ねえのは分ってるんだが、うちも仕事先からお銭が入ってこないんだ。この次はなんとか考えるからよ、我慢してくんな」

万作の言葉に送り出され、黒江町の八幡橋際から竹藪蕎麦に立ち寄り、花巻蕎麦を二つ頼んだ。

「赤目様、蕎麦は誂えて直ぐに届けるからよ、うちの道具を研いでくんな」

小籐次は親方の美造から何本も蕎麦切り包丁を持たされた。

(安兵衛親方を訪ねるのは明日じゃな)

と考えながら船着場に戻ると、すでにうづが出刃や菜切り包丁を五、六本預かっていた。

「赤目様のお仕事をこれだけの人が待っているのよ。研ぎあがったら、おかつさんの長屋に届けてって。あとはおかつさんが配ってくれるそうよ」

「得意様は粗末にしてはならぬな」

うづが、母親が持たしてくれたという高菜漬を綺麗に巻いた握り飯を小籐次に差し出した。

「いつもの高菜握りよ」

「うづどのの母御が握られた高菜握りは絶品じゃからな、頂戴致す。今、蕎麦も届こう」

二人は船着場に並んで腰を下ろし、高菜握りを頬張った。

「美味い」

四方山話をしながら握り飯を食べていると、竹藪蕎麦の小僧、重吉が岡持ちを片手に、もう一方の手に徳利を提げて姿を見せた。

「酔いどれ様、親方が喉を潤して下さいとのことです」

「これは酒にござるか。昼間から大徳利を飲み干すと仕事ができぬぞ」

「徳利はいつ返してもいいそうです。腹も身のうちです、ほどほどに飲んで下さい」

「重吉どの、いかにもさようじゃ」

岡持ちから花巻蕎麦の丼が現れ、うづが、

「赤目様、いつものかけとは違いますね」

「うづどのに心配かけたでな」

「美味しそうだわ、頂戴します」

「おおっ、食べなされ」

重吉は懐から湯呑(ゆのみ)を出すと徳利の栓を抜き、とくとくと湯呑に注いでくれた。

「相すまぬ」

「その代わり、うちの道具を夕方までに研いで下さいよ」

「研ぎ上がったらすぐに届けると親方に言うてくれ」

小籐次は湯呑の酒を鼻先に持ってくると、

「うーむ、これは堪(たま)らぬ」

と顔を横に振って匂いを嗅(か)いだ。

「頂戴致す」

湯呑に口をつけるとごくりごくりと喉が鳴り、酒がすいっと胃の腑に落ちていった。

「酔いどれ様の飲みっぷりはまるで水を飲むみたいですね。もう一杯注ぎますか」

「いや、一杯で十分。蕎麦を頂戴致す」

小籐次は空の湯呑を置くと、花巻蕎麦の丼を持ち上げた。

昼からは小舟に腰を据えて一心不乱に註文の刃物を研いだ。

八つ（午後二時）の頃合、うづが、

「赤目様、私は河岸を変えるわ」

　と舫い綱を解き、

「お酒ばかりを召し上がってはいけませんよ」

　と大きな葉に包んだ無花果を小舟に残してくれた。

「うづどの、明日くらいまではこちらに来られよう」

「えっ、またどこかへお出かけなの」

「そなただけに伝えておこう。水戸様のご用でご城下に参るのだ」

「中納言様のご用とはまたなにかしら」

「酔狂にも竹と紙で行灯をこさえたらな、家臣方がいたく気に入られ、斉脩様にお目にかけたとか。斉脩様のお声がかりで『ほの明かり久慈行灯』と名付けられた行灯の作り方を教えに参るのだ」

　うづが両目をぱちくりさせて、

「赤目様ったら、いろんな芸をお持ちなのね」

　と感心した。

「芸は身を助くと申すが、研ぎも竹細工も奉公していた折、下屋敷で習い覚えたものばかりじゃ。奉公を離れて、これが助けになろうとは不思議なことよ」

「それにしても御三家に乞われて行くなんて、なかなかないことよ」

「水戸に参ったら、うづどのになんぞ土産を買ってこよう」

「そんなことより、水戸様のご城下のお話をして下さいな」

「それは簡単じゃがな」

うづの百姓舟が船着場を離れた後、小籐次はひたすら研ぎ仕事に専心した。

「赤目様」

と声がかかった。

経師屋の安兵衛親方が、布包みを抱えて河岸道から船着場に下りてきた。

「襖を届けて万作さんの仕事場の前を通りかかったら、赤目様が仕事に来ているというじゃないか。この機会を逃したら、またいつになるか分らないんでな、こちらから届けに来ましたぜ」

「それは恐縮じゃ」

と返事をした小籐次は、

「親方、見てのとおり、いくらか研ぎ残した頼まれものもある。親方の道具、長屋に持ち帰り、明日までに仕上げてくるというのでは駄目かのう」

「わっしも直ぐに研ぎができるなんて考えちゃいませんよ。明日までに仕上がれば万々歳だ。赤目様の研いだ道具を一度使ったらもう駄目だ。なにしろ切れ味が違うからよ」

「有難うござる。必ず明日届けに上がるでな」

「頼みましたぜ」

安兵衛がほっとした表情で河岸道へと上がっていった。

小籐次は喉の渇きを覚えて、竹藪蕎麦の親方からもらった徳利の酒を湯呑に注いで一杯、

きゅうっ

と引っかけた。

さて仕事に戻ろうと刃物を取り上げたとき、どこからともなくだれかに見張られているような感じがした。

肥前小城藩を離れた追腹組の面々が他の三家に連絡をとり、新たに組織した刺客団か。

追腹組は自らの手で赤目小籐次を討つという意地を捨てたか。なりふり構わず三家と共闘を組み、放浪の武芸者を使っても小籐次を斬り捨てるつもりかという疑いが生じた。

（いや、そうではあるまい）

なんとしても小城藩、丸亀藩、赤穂藩、臼杵藩の名で赤目小籐次を斃してこそ、此度の一連の騒ぎの決着がつくというものだ。

となれば、左右田鹿六の役割はなんであったか。

小籐次は菜切り包丁を取り上げ、砥石の上で刃先の錆(さび)を落とし始めた。手先は動いていたが、脳裏にその疑いは残ったままだ。

（もしや）

一つの答が浮かんだ。

左右田鹿六をはじめ、次々に武者修行中の武芸者が赤目小籐次を襲い来ることは間違いのないところであろう。

だが、四家追腹組は武芸者たちが小籐次を斃すとは努々(ゆめゆめ)考えてもいない。ただ小籐次の神経を逆なでするため、苛つかせるために送り込む捨て駒(ごま)としてしか、扱っていないのではないか。

小籐次が刺客たちの襲撃に疲れ果て、集中心を乱したときに、四家の真の刺客が到来するのだ。

小籐次は声もなく笑った。

(来るなら来い。小細工をしおって)

竹藪蕎麦の商売道具と長屋から預かった刃物を研ぎ終えたのは、暮れ六つの時鐘が鳴り終えた頃合だ。

堀の水で道具を洗い、研ぎ上がった刃物を持って河岸道へと上がった。

まず路地道の中ほどにある竹藪蕎麦に届けた。

「遅うなって相すまぬ」

「なに、この刻限まで船着場で精出しておられましたか」

「ちと怠けたでな、出来るときに精を出さねば相すまぬ。本日は酒代と蕎麦代で差し引きじゃぞ」

と言う小籐次に親方は、

「職人が一々手間賃をただにしてたら口が干上がりますぜ。あれはあれ、これはこれ」

と手に研ぎ料の二朱を握らせた。

小籐次は最後に蛤町のおかつの裏長屋に回った。長屋は夕餉の刻限で、戻ってきた職人らしき亭主とおかつ、三人の子供たちが膳を囲んでいた。

「夕餉時に邪魔をして相すまぬ。包丁を届けに参った。こちらに置いておく」

「酔いどれさん、今まで仕事をしていたのかえ。ちょいとお待ち、長屋を回って研ぎ料を集めてくるからね」

と立ち上がろうとするおかつを小籐次は、

「研ぎ料はこの次で結構、夕餉を妨げたな」

と制し、そそくさと溝板(どぶいた)を踏んで木戸を出た。

五

小籐次の小舟が深川蛤町裏河岸の船着場を離れたのは六つ半（午後七時）を過ぎていた。竿から櫓に替えた小籐次は艫(とも)に半身の姿勢で座り、片手で櫓を操りながら、もう片方の手で竹藪蕎麦の親方から頂戴した徳利を引き寄せた。そして、うづが、

「お酒ばかりを召し上がってはいけませんよ」

と言って渡した無花果を見た。

秋を告げる果実は桶に広がった葉の上に四つ転がっていた。

（酒の菜になるかのう）

小籐次はまず徳利の口にかかった紐を摑み、器用にも曲げた肘(ひじ)の上に徳利を載せると口で栓を抜いた。

酒の香が鼻をつく。

「たまらぬな」

小籐次は独り言ちると、底を上げて傾けた徳利に口をつけ、
ごくりごくり
と飲んだ。

ふーうっ
仕事を終えて飲む酒は堪らないほど美味だった。

小舟は蛤町を離れて外記殿(げきどの)橋を潜り、鉤の手に堀が曲がる大島町へと出た。すると、深川の色里を流す新内(しんない)流しの三味(しゃみ)の音が夜の川面(かわも)に伝わってきた。その声音と石垣で鳴く虫の音が重なり、切なく響いた。

小籐次は小舟を大川へと向けた。

片手で櫓を操りながらも徳利を再び持ち上げ、飲んだ。

「極楽かな」

またうづの残した言葉を思い出し、葉に包まれた無花果の入った桶を足元に引

き寄せた。

「菜になるかのう」

徳利を置くと無花果を一つ取り上げた。指で二つに割り、口に入れた。無花果のほの甘さが口に広がった。

「美味い。じゃが、酒のつまみには向かぬな」

独り言を言いながら、それでも無花果の皮を残して食した。なんとなく空腹が納まった。

片手を小舟から突き出し、流れで無花果の果汁を洗い流した。

行く手に、中島町と越中島（えっちゅうじま）にある武蔵忍藩（むさしおし）松平家十万石の中屋敷をつなぐ武家方一手橋が見えてきた。

小籐次は三口目を飲み、口内の無花果の甘みを拭い去った。

夜の大川の河口を横切るために徳利の栓をした。

小籐次が芝口新町の新兵衛長屋に戻るためには、二つの水路があった。

一つは大川河口を斜めに下り、石川島、佃島（つくだじま）と鉄砲洲（てっぽうず）の間の水路を抜けて、江戸湊（みなと）の西側の岸辺沿いに浜御殿と尾張家の蔵屋敷の間の築地川へと小舟を入れる帰り方だ。

昼間、波や風がなければ一番近い。

今一つは大川河口を少し斜めに上がって横切り、新川へ小舟を突っ込んで富島町の堀、越前堀、八丁堀、三十間堀と堀伝いに芝口新町へと戻る方法だ。

当然、江戸の堀をぐるぐると回る水路は距離が長く、時間もかかった。

（どちらにしたものか）

小籐次は河口から江戸の内海の風と波の具合を見て決めることにした。

武家方一手橋を潜ると、正面から夜風が吹きつけてきた。急に潮の香りが強くなっていた。

「新川筋じゃな」

と小籐次は呟くと、大川を最短距離で横切り、新川から掘割伝いに長屋に帰る道を選んだ。

小舟の舳先に江戸の内海からの波がぶつかり、揺らした。

だが、小籐次は立つ気はない。艫に半身に構えて座り、片足を小舟の縁にかけて体を安定させ、片手で櫓を操った。

小籐次の小舟は無灯火だ。

大川を往来する船の数は日が落ちて少なくなっていた。それでも提灯を点した荷船や秋を楽しむ風流船が行き来していた。

そんな灯りとおぼろな月明かりに助けられ、小籐次は大川を横切っていった。

新川の口が見え、堀に架かる最初の三の橋の黒々とした影も見えた。

ふいに、風に波立つ川面をさらにざわつかせる櫓の音を聞いた。それも三方向から小籐次の小舟に急接近してきた。

小籐次は月明かりで川面をぐるりと見た。

猪牙舟が小舟を囲い込むように迫っていた。

三艘とも提灯を点していなかった。

猪牙舟の船頭の他に一人ずつ乗っていた。

その者たちが立ち上がった。肩に羽織っていた羽織を脱ぎ捨てると、襷をかけた武士が本身の槍を小脇にしているのを小籐次は見た。

（刺客が出おったか）

三艘はさらにその輪を縮めて迫り、槍を手にした刺客は穂先を月明かりに煌めかせて扱いた。

小籐次はそ知らぬ顔で櫓を片手で操り、足元に引き寄せていた桶から、残った無花果三つを片手に摑んだ。

「われら竹内流槍術遣い手、神尾角兵衛、次助、参五郎の三兄弟なり。赤目小籐次、覚悟致せ！」

と一人が呼びかけてきた。

すでに穂先が小籐次の二、三間先へと迫り、

「覚悟！」

と叫んだ次男の神尾次助が槍の柄を繰り出そうとした。

その瞬間、小籐次の片手が上がり、
発止！

と無花果の一つを、先陣切って突っ込んできた神尾次助の顔に投げつけた。

水面上を飛んだ無花果が見事に、
ばしり
と顔を叩き、船底に踏ん張る両足を虚空に浮かせると猪牙から流れに落下させた。

「おのれ！」

三男の参五郎が槍を突き出したのと、小籐次が二つ目の無花果を抛ったのがほぼ同時だった。此度も槍よりも先に抛たれた無花果が顔面を捉えて、水上に墜落

させた。

刺客らは一瞬にして二人を戦線から離脱させていた。

「許せぬ！」

神尾の長兄の角兵衛と小籐次は一瞬、朧な月明かりで顔を見合わせた。

小籐次の手から最後に残った無花果のつぶてが投げられた。

角兵衛は平然と上体をよじって無花果を避けた。

小籐次は角兵衛が避けることを承知で無花果を投げていた。

そのわずかにもたらされた時を利して、小籐次は足元の竿を摑むと、片手で漕ぎ続けていた櫓から手を離し、体勢を整え直した角兵衛へ両手突きに繰り出した。

角兵衛も朱塗りの柄の槍を突き出した。

両者が突き上げ、突き下ろした。

横波に二艘が揺れた。

両足を踏ん張って立つ神尾角兵衛の腰がぐらついた。

だが、小籐次は艫に腰を下ろして片足を小舟の縁にかけ、身を安定させていた。

その分、勢いに差が出た。

小籐次の突き出す竿先が角兵衛の胸を突き上げ、

ぐえっ
という呻き声を残して、竹内流槍術の遣い手の最後の一人が大川の流れへと墜落していった。
「神尾三兄弟、修行が足りぬわ」
小籐次の口からこの言葉が洩れ、江戸の内海へと流され始めていた小舟の櫓が再び力を得て、舳先が新川へと向けられた。すると新川から酒の香が、
ぷーん
と漂ってきた。
新川は灘や伏見の下り酒が陸揚げされる堀だ。両岸には江戸でも名代(なだい)の酒問屋が蔵を並べていた。
三の橋を潜った小籐次は船足を緩め、徳利の紐に手をかけた。

小籐次が江戸の堀巡りをするようにして芝口新町の入堀の堀留石垣下に小舟を着けたとき、五つ半(午後九時)は過ぎていた。
途中、三十間堀の紀伊国橋に船頭相手の煮売り酒場を見付け、田楽と豆腐汁で丼飯を搔き込んで、夕餉をとった。そのせいで帰るのが遅くなったのだ。

桶に入れた商売道具を石垣の上、長屋の敷地に上げると、

「酔いどれの旦那、久慈屋から何度も使いが来てよ、水戸行きの日取りが決まったから明日にも店に顔を出してくれと言付けを残していったぜ」

と勝五郎が告げた。

「明日にも出立の様子か」

「いや、明日ではなさそうだ」

「ならば、仕事前に久慈屋に顔出ししよう」

「それがいい。水戸に行くんだってな」

「竹細工の行灯の作り方を教えに参るのだ」

「商売繁盛、結構なことだ。そのうち蔵が建つぜ」

「そう願いたいものだ。勝五郎どのも夜鍋仕事のようじゃな」

勝五郎がまだ前掛けをしているのを見て言った。

「急ぎ仕事が舞い込んだ。こちとらは版木一枚彫って何十文の小銭稼ぎだ」

「何処(いずこ)も同じ秋の夕暮れ、それがしも今宵(こよい)は夜明かしだ」

小籐次は商売道具を長屋に運び込むと、経師屋の安兵衛親方の道具を研ぎ上げる仕度をした。すると、隣りの薄い壁の向こうから勝五郎が版木を彫る音が響い

てきた。

翌朝、仕事に出る前に久慈屋の船着場に小舟を留めた。明け方一刻(二時間)ほど眠ることができた。熟睡したせいで、さほど疲れは残っていなかった。

「赤目様、お早うございます」

手代の浩介が小籐次に声をかけてきた。

「昨日は何度も無駄足を踏ませたようだ、相すまぬ」

「稼ぎに出られていたそうですね」

「久しぶりに深川界隈のお得意様に顔を出した。あまり間を空けたでお叱りを受けた」

「赤目様の研ぎ仕事を待っておられる方が、あちらにもこちらにもおられますな」

と言いながら、大番頭の観右衛門が表戸を開けたばかりの店先に顔を出した。

「水戸行きの日が決まったそうにございますな」

「赤目様、朝餉はまだにございましょう」

「独り者ゆえ、朝餉は食さぬ」

「今朝はうちで食べてお行きなさい。直ぐに仕度をさせますでな」

と観右衛門が小籐次を台所に誘った。すでに台所の板の間では奉公人の箱膳が並べられていた。

「おまつ、赤目様の膳を早めに出しておくれでないか」

と台所を仕切る女中頭のおまつに命じた。

「あいよ。まんまは炊き上がっているから、味噌汁ができれば直ぐにお出ししますよ」

おまつが大番頭に返答し、観右衛門が、

「水戸様では明朝出る御用船に赤目様をお乗せしたい意向のようです。いかがですか」

「承知しました」

「うちから浩介を同道させます。水戸家中のことならば、すべて浩介が心得ております」

「それは心強い」

小籐次はなんとなく台所に目をさ迷わせた。

「お花がいないのはやはり寂しゅうございますか」

「つい姿を探した」

「難波橋の秀次親分が、どうやらお花は非人手下の沙汰で済みそうだと知らせて参りました」

「遠島になるほどお花さんは罪を犯したわけではないからのう」

遠島は正刑だ。この島流しに該当する罪咎は、

「人殺しの手引致し候者、指図致し人を殺し候者、人殺しの手伝致し候者、寺持僧の女犯、渡船乗船溺死有之候ば其船頭水主等……」

とあり、お花は該当しなかった。

「奉行所では、ご禁制の阿片を嫁入り先から盗み出し、それを買い取らせようとした罪軽からずと、最初は厳罰を考えられたようです。ですが、弟の松之助が死んでお花も悲嘆に暮れているとか。松之助の死が幸いして非人溜めに落とされる罪で決着がつくとのことです」

「車善七の手下になるか。決して楽な罪ではなかろう」

観右衛門が重々しく頷き、

「いくら姑と折り合いが悪いからといって、ご禁制の阿片など持ち出してはいけませぬ。それを何百両もで買い取らせようとは、考え違いも甚だしゅうございま

す」

と言い切った。

小籐次が蛤町の裏河岸に到着したとき、うづはすでに野菜を満載した小舟を船着場に着けて、商いを始めていた。

「赤目様、昨日は遅かったそうね。おかつさんに聞いたわ。後で研ぎ料を持ってくるそうよ」

「有難い」

と答えた小籐次は、経師屋の安兵衛から頼まれた道具を布に包んだ。

「うづどの、昨日の無花果に命を助けられたぞ」

「大袈裟（おおげさ）ね。無花果で一時でもお腹の虫が抑えられたのね」

「まあ、そんなところじゃ」

神尾三兄弟は無事に猪牙舟に助け上げられたかと、小籐次は思いを巡らした。

ともあれ、今後あの三人が刺客を引き受けることはあるまいとも思った。

「うづどの、経師屋に届けに参る」

「夜明かししたの」

「明日からは水戸様の仕事じゃ。規則正しかろうゆえ、眠ることも適おう」

小籐次は迷った末に、研ぎ上がった道具と一緒に商売道具の砥石を桶に入れた。経師屋で新たな研ぎを頼まれぬともかぎらぬと思い直したからだ。

重くなった桶を抱え、船着場から陽射しが強くなりそうな河岸道に上がった。

黒江町では安兵衛親方が弟子に手伝わせて大きな襖の張替えをしていた。お寺から頼まれた襖だろう。

「精が出るのう」

「おや、ほんとうに夜明かしをなさったようだ」

「普段不義理ばかりしておるで、時には誠意を見せぬと得意先をなくすでな」

桶を足元に置いた小籐次は、徹夜して研いだ道具を親方に差し出した。

「拝見仕る」

と冗談で応じた安兵衛が一本の裁ち小刀の刃を陽に翳し、

「さすがは赤目様のお仕事だ。狂いがねえや」

と指先に刃を滑らせた。

「道具を持ってこられたようだ。時が許すかぎり仕事をしていってくんな」

と弟子に道具を集めさせた。

小籐次は一刻半（三時間）ほど黒江町で店を広げ、四つ（午前十時）過ぎにうづが待つ蛤町裏河岸の船着場に戻った。するとうづが、

「三本ほど仕事が待っているわよ」

と教えてくれた。

「うづどのを看板娘に雇っているようだな」

「そのせいかしら、商売繁盛ね」

小籐次は小舟に道具と桶を並べて研ぎ場を設えた。

「うづどの、そなたの菜切り包丁も貸しなされ。ついでに研いでおこう」

「研ぎ代は払うわよ」

「昨日の無花果代でつりがくる」

「無花果がそんなに好きなの」

「好物になりそうじゃ」

小籐次はうづと他愛もない話をしながら昼前までに仕事を終えた。その間におかつが研ぎ代を持ってきて、雑談に加わったりして、至福の時が流れていった。

「赤目様、昼から河岸を変えて富岡八幡宮の船着場に行くけど、どうする」

「またしばらく行けそうにないで、歌仙楼を覗いて参ろう」

「それがいいわ」

二人は小舟の舳先を並べて蛤町裏河岸を離れた。

この日、小籐次は七つ(午後四時)の刻限に仕事を終えた。

明日からの水戸行きに備えてだ。大川を渡る小舟の中で昨日からの稼ぎを数えてみると、

「三分と二百数文」

もあった。明日からは水戸家での賄いとなる。当座、食い扶持を心配することもない。

(まずは上々)

何事もなく久慈屋の船着場に小舟を舫うと、浩介が出迎え、

「赤目様、明日から同道お願い申します」

「こちらこそ宜しゅう頼む」

店に行くと、帳場格子から観右衛門が小籐次を見た。

「それがしはいつでも出かけられます」

「水戸様の下屋敷から御用船が出るのは明朝六つ（午前六時）ですよ」

「承知した」

と答えた小籐次が、懐から四つ折にした紙片を出して観右衛門に、

「観右衛門どの、ちと頼みがござる」

「なんですな」

「いつも仕事をさせてもらう土間に、これを貼っては頂けぬか」

「ほう、なんでございますな」

と観右衛門が四つ折の紙を広げ、

「休みの告知にございますか」

「まあ、さよう」

「この界隈の得意様といっても、うちと京屋喜平だけでございますな」

「いかにも」

しばし考えた観右衛門が険しい顔で訊いた。

「赤目様、またぞろ四家の刺客が姿を見せるようになりましたか」

「まあそんなところじゃ」

「その者たちにわざわざ、赤目小籐次の江戸不在を告げるのでございますか」

「いかにも」

「江戸の外に連れ出して、始末をおつけになるおつもりですかな」

観右衛門の問いに、

「はてのう」

と小籐次は答えただけだった。

第三章　林蔵の貌

一

小梅村は隅田川の左岸、本所の北東に広がる村だ。

その一角、南に源森川、西に隅田川に面して広がるのが水戸藩下屋敷だ。その総敷地は三万坪に近かった。

源森川は横川ともつながり、水戸藩下屋敷は江戸じゅうと水路で結ばれ、また水戸と江戸をつなぐ海上輸送の根拠地というべき屋敷でもあった。

大川と源森川が合流する近くに水戸藩の御船場があった。

この朝、夜が明けた御船場から一艘の帆船が離れていった。

水戸と江戸を往来する六百石船二十二反の万国丸だ。

大川河口から小梅村下屋敷の御船場まで帆柱を倒し、櫓で漕ぎ上がってこられるように工夫された万国丸の舳先に小籐次と浩介が並んで立ち、一日の暮らしを始めようとする江戸の町並みを見詰めていた。

本所深川界隈からは煙が何条もゆっくりと天に立ち昇っていた。武家屋敷の台所や長屋で朝餉を仕度する炊煙だ。

「浩介どの、宜しゅうな」

「赤目様の邪魔にならぬよう精々努めます。私こそ宜しくお願い申します」

万国丸はまず吾妻橋を潜った。帆柱を倒しているので悠々と潜り抜けることができた。

二人の背から飯が炊き上がる匂いがしてきた。船の炊方(かしきかた)が朝餉の仕度をしている匂いだ。

「水戸へは何度も参りましたが、御船場から御用船に乗って水戸に向うのは初めてにございます」

「楽旅じゃのう」

「外海が荒れなければよいのですが」

浩介はそのことを案じた。

「江戸の海すら満足に船で往来したことはございません」

「外海を知らぬか」

と答えた浩介は、

「赤目様のご先祖は来島水軍の出と聞いております。赤目様もその血筋ゆえ、九十九里、鹿島灘の荒波など平気でございましょうな」

「おう、と答えたいが、先祖は水軍でもこちらは陸に上がった河童を何代も続けてきた。亡き父に品川沖で船を習うた程度でな、外海に出て醜態を見せねばよいがと、正直案じておるところじゃ」

と答えた小籐次は、小手を翳して今日も青く澄み渡ろうという気配の空を仰ぎ、

「浩介どの、この分なれば嵐もあるまい」

「そう願います」

万国丸は竹町之渡しを過ぎ、御厩河岸之渡し船が往来するのを避けながら、さらに下流へと進んでいく。

河口に向う流れに乗りながら、水夫らが大きな櫓をゆったりと漕ぐので、思った以上に船足は早い。

万国丸は小梅村から一気に大川河口の深川まで下り、一旦、越中島沖合いで停

泊した。

小籐次は、武蔵忍藩の中屋敷の背後に位置する深川蛤町裏河岸に、今朝もうづが野菜舟を着けているかと、そのことを思った。

（しばし江戸とはお別れじゃ）

と小籐次が船旅へ出る感傷に浸っていると艫櫓（ともやぐら）から、

「酔いどれ様よ、帆柱を上げたら朝餉じゃからのう」

と主船頭の声がかかった。

二人が振り向くと、艫櫓に水戸家の長羽織を着て、腰に脇差を差した主船頭の東薗（ひがしぞの）加平が立っていた。身分は士分格だが、職分（しきぶん）武家の四角張った雰囲気はない。

「道中、宜しゅう頼みます」

小籐次は改めて願った。

「赤目様は水戸の大事な客人ゆえ、野島崎を回るときにくれぐれも海なんぞに落とすでないと、重臣方に釘を刺されておりますよ」

「加平どの、そればかりはご勘弁願おうか」

「酔いどれ小籐次様、海はな、海神様のご意向に逆らわねば何事もございませんぞ。那珂湊までこの加平が無事に届けますでな、安心なされ」

と海の男らしく潮に鍛えられたしわがれ声で応じた加平が、

「帆柱を立てよ！」

と配下の水夫たちに命じた。

和船は荷の積み下ろしがし易いような揚げ蓋方式で船室に荷を積み、板を置いただけの仕組みだ。嵐が来れば揚げ蓋の隙間から水が入り積荷を濡らした。万国丸は荒波の鹿島灘を乗り切るために西洋式帆船のように固定甲板とし、水密性を高めていた。その万国丸の船底で、
ぎりぎり
と音が響いて、寝かされていた帆柱が立ち上がろうとした。

船底では数人の水夫たちが巨きな巻轆轤を回して、艫櫓に出た綱で帆柱を引き上げているのだ。寝かされていた帆柱が立ち上がり、固定された。さらに帆を張る横桁の縄が解かれ、船の上に斜めになったところで作業は一旦中断した。

甲板で炊方が朝餉の用意を始めた。

「私も手伝って参ります」

浩介が裾を絡げると、舳先から甲板へと小走りに降りていった。

瞬(また)く間に甲板に大釜で炊かれた飯櫃が運び出され、鉄鍋に作られた味噌汁、鰯の煮付け、丼に山盛りにされた漬物などが並べられた。

主船頭以下御船手十数人、それに赤目小籐次と浩介が円座に座った。

円座の一角は未だ二人分ほど空いていた。

「南五郎、竹中様方をお呼びせえ」

加平が若い水夫に命じた。

小籐次と浩介以外にも乗船客がいるようだ。南五郎が艫櫓下の船室へと走り、二人の乗船者を伴ってきた。

一人は水戸藩の家臣だろう。羽織袴の服装から察せられた。もう一人は陽光に焼け、がっちりとした体付きの、四十年配の武士だった。

二人が席に着き、加平が、

「竹中様、こちらが赤目小籐次様にございますよ」

と紹介した。

「おおっ、そなたが御鑓拝借の酔いどれ小籐次どのか。それがし、水戸藩目付竹中正蔵にござる」

と挨拶した。

水戸藩目付は藩内の治安や探索を司る役職であり、禄高は頭分が二百五十石から三百石、その支配下は百石格であった。御三家の水戸では中級の階級といえよう。

「赤目小籐次にござる。船中よしなにお付き合い下され」

「赤目どの、此度はご苦労にございますな。江戸でも領内でも新しい行灯の製作に期待が寄せられております」

目付の竹中は如才がなかった。

「お力になれるとよいのですが」

と答える小籐次に竹中が、

「それがしの連れは間宮林蔵どのだ」

と紹介した。

小籐次のかたわらで浩介が、

はっ

と驚きの様子を見せた。

小籐次は、間宮林蔵が何者か承知しなかった。ただ、間宮は武家階級の出ではあるまい、小籐次と同じく下士の出ではと推測しただけだ。

「間宮どのは伊能忠敬様に従い、日本全国を踏破なされて地図製作に携わってこられた人物でな」

おおっ、と小籐次は思い当たり、小さな声を上げた。

伊能の名に覚えがあったからだ。とはいえ、それ以上のことは知らなかった。

小籐次の表情にそのことを悟ったか、竹中が説明してくれた。

地理学者伊能忠敬は上総国小関村に生まれ、十八歳で香取郡佐原村の名主の伊能家に養子に出されていた。豪家で知られた伊能家は忠敬が養子に入ったとき、家運が傾いていた。それを忠敬はあらゆる工夫をして短期間に建て直していたという。

その後、江戸に出て、念願の幕府天文方の高橋至時の許に入門、西洋暦学の勉学を始めた。時に五十歳であったという。

幕府は北辺警護のために蝦夷地の調査を考えていたが、この担当に伊能忠敬を抜擢、白羽の矢を立てた。忠敬は五十六歳から七十二歳の間、

「伊能隊」

と称する測量隊を率いて、全国の測量に歩いた。

時間と金のかかる大事業である。

文化十四年（一八一七）、これらの測量資料を元に地図作成に入っていた。

間宮林蔵はこの伊能隊の一員であるというのだ。

竹中の説明は、もっさりと一言も物言わぬ間宮に移った。

林蔵は安永四年（一七七五）、水戸藩内筑波郡上平柳（かみひらやなぎ）村の百姓の子として生まれていた。幼くして数学に才を見せ、江戸に出た後、寛政十二年（一八〇〇）に幕府蝦夷地御用雇（やとい）として採用された。

間宮は三十四歳の折、松田伝十郎とともに樺太（からふと）を探検し、半島ではなく島だったことを確認した。さらに間宮はアイヌ人の舟に便乗して海峡を渡り、異郷の大河黒竜江を遡（さかのぼ）っていた。

後に間宮が確認した樺太島と大陸の間の海峡をシーボルトが、

「間宮の瀬戸」

として世界に紹介した。間宮海峡である。

また蝦夷地で伊能に出会い、測量を学んで天文方に入り、蝦夷図製作に従事することになったのだ。

小籐次と会った折、四十四歳であった。

「……間宮どのはな、伊能様のよき片腕として将来を嘱望される人物でござる」

と竹中が間宮を丁重に紹介したところで朝餉が始まった。

海上で潮風に吹かれながら食する朝餉がかほどに美味とは、小籐次は朝から三杯飯をたいらげて満足した。

朝餉が終わると碇が上げられた。

万国丸に再び巻轆轤の音が響き、横桁が帆柱にそって上がるにつれ、畳み込んであった二十二反の帆が広がった。朝風を受けて緩やかに帆が張り、万国丸は越中島沖を離れて、江戸の湾口に向けて南下を始めた。

主船頭の加平のきびきびとした命が船上に飛び、補助の三角帆が主帆柱の前後に張られた。

万国丸の船足がさらに速まり、滑らかな走行に移った。

竹中と間宮は船室に姿を消していた。

小籐次は水夫らの邪魔にならぬ一角に研ぎ場を設え、水戸で使う道具を研ぐことにした。

「赤目様、なんぞ手伝うことはございませんか」

浩介が問うた。

「炊方に参り、真水を少し分けてもらえぬかのう。刃物ばかりは塩水ではまずいでな」

「承知しました」

浩介が、船に持ち込んだ小籐次の商売道具の木桶を持って炊方に向った。

「赤目様よ、早々に仕事の仕度かえ」

潮で鍛えられたしわがれ声で加平が艫櫓から怒鳴った。

「船では、手伝おうにもそなた方の邪魔になるばかりじゃからのう」

と応じた小籐次は、

「加平どの、船でも刃物は使おう。切れが鈍った道具があれば出してくれぬか。退屈しのぎに研ぐでな」

「それは有難い。藩邸で酔いどれ様の研ぎは天下一品と噂しておったが、まず親父譲りの小鉈(こなた)を頼んでよいか」

と加平が長半纏(ながばんてん)の下に吊るしていた小鉈を抜いて見せた。

「預かろう」

小籐次は艫櫓の下に行き、加平の差し出す鉈を受け取った。二代にわたり船上作業に長年使われてきたと見えて、刃がだいぶ減って形が崩れていた。それに柄の締め具も潮風で傷んで緩くなっていた。

「船では長刀はものの役に立たんでな。このように小さな道具が便利なのじゃ」

「満足のいく研ぎができるかどうかやってみよう」

浩介が桶に半分ほど水を張って運んできた。

「船では命の次に大事な水にございますので、炊方はなかなかうんとは言われませんでしたよ」

「そうであろうな。後で炊方の包丁も研いで進ぜよう」

小籐次は万国丸の揺れに合わせながら、まず加平の道具の小鉈に粗砥(あらと)をかけて、凹凸のできた刃を大きく整えた。

「浩介どの、同乗のお二方とは初めてか」

なにか手伝うことはないかと、小籐次のかたわらに控える浩介に訊いた。

「初めてにございます。竹中様は目付と申されたゆえ、ご家中であることには間違いございますまい」

「間宮どのがなにか気になるか」

「いえ、確かなことではございません。噂で間宮様の名を聞いたことがございます」

「どのようなものかな」

浩介はしばし迷ったようにしていたが、口を開いた。

「竹中様のご説明のとおり、間宮様が伊能隊の有能な天文測量方であられることは確かなことにございましょう。また異郷の地を探査された間宮様に、幕府が期待を寄せられるのも当然のことと思います」

「間宮様には他の顔もあるか」

異郷探査の言葉に思い当たることがあって小籐次は訊いた。

「噂では、間宮様は幕府の密偵とか」

「やはりのう。異国のことをようご承知の方ゆえ、密偵などという風聞も流れよう」

浩介が頷いた。だが、なにか言い足りなさそうな顔付きでもあった。

「水戸ご領内の生まれゆえ、水戸藩御用船に同乗なされようと不思議はないように思えます。ですが、幕府は御三家といえども、なかなか信用はなさりませぬ。まして幕府天文方は天才英知の方々の集まり、なかなか配属されることが難しい役職と聞いたことがございます。そのお方がこの船に乗っておられる……」

浩介はそれが訝しいと言外に込めて呟いた。

「今一つ確かなことがございます。これは、城中に伝がございます久慈屋の奉公人ゆえ知る事実です。赤目様、お含み置きください」

「承知した」

「伊能忠敬様はこの四月十八日に身罷り、その死は『大日本沿海輿地全図』などが完成するときまで内密にされるそうです。これらの地図の紙製作に携わる久慈屋ゆえ知る事実です。伊能様の突然の死と間宮様の水戸行き、関わりがあるのかないのか」

一瞬手を止めて小籐次は浩介の顔を見た。

浩介が小さく頷く。

小籐次は休めた手を動かし、その後は一瞬たりとも休まなかった。

下地研ぎから仕上げ研ぎへと幾種類かの砥石を巧妙に使いながら、小鉈を研ぎ上げ、ぐらついていた柄の金具を締め直した。

小籐次は蓬髪の乱れ毛を抜き、小鉈の刃に当てた。

手入れの悪い小籐次の頭髪が、
ぷつり
と二つに切り分けられた。

「こりゃあ、驚いた」

と艫櫓から加平の声が降ってきた。

最前から加平は小籐次が道具を研ぎ上げるのを見ていたらしい。

「浩介どの、加平どのに渡して下され」

浩介が研ぎ上がったばかりの小鉈を艫櫓に届けた。

「これがわれの小鉈とは、見違えちまいましたよ。親父どのもびっくりだ」

と光に翳して丹念に研ぎ具合を見ていた加平が何度も唸った。

「驚き桃の木山椒（さんしょ）の木とはこのこったぜ。この刃の美しいことといったらどうだ。

親父どのから譲り受けて以来、こんな美しい姿は見たこともございませんよ」

「加平どの、道具は使い勝手だ。切れ味でござるよ」

「いかにも」

加平は船尾の桁の上に径二寸ほどの太綱の端を載せた。

片手を振り上げ、
ええいっ
と振り下ろすと、
すぱり
と太綱が二つに切れた。その切り飛んだ綱の端を取り上げ、切り口を確かめた

加平が、

「うーむ
とまた唸った。

「加平どの、どうじゃな。ご不満か」

「酔いどれ小籐次の剣捌き(けんさば)も尋常じゃねえと聞いたが、研ぎもまた絶品だねえ。いやはや驚きましたぜ」

と破顔した加平が、

「酔いどれ様と知り合うて、うれしゅうございますぜ」

と言った。

「それはよかった」

小籐次は次から次に持ち込まれる船の道具を研ぎながら時を過ごした。

順風を受けた万国丸は、昼前に上総国富津(ふっつ)崎を横目に見ながら浦賀水道に入っていった。すると万国丸の船体が、
ぎしぎし
と潮流に揉まれて軋(きし)み出し、大きく揺れ出した。

「赤目様、ちと気分が悪くなりました。横にならせて頂きます」

浩介が許しを乞うた。

「それは構わぬが」

「赤目様は砥石と刃先ばかりを間近に見て仕事を続けておられますが、気分は悪くなりませんので」

「仕事に没頭しているせいか、或いは来島水軍の血筋か、揺れれば揺れるほど気分はいたって爽快じゃぞ」

「呆れました」

浩介が姿を消した。

小籐次はその夕刻まで研ぎを続けた。

夕暮れ、大房崎を回り、鏡ヶ浦から館山湊に向う万国丸は、さらに大きく波を受けて船体を揺られるように揺れていた。

ふと気付くと舳先に両足を踏ん張り、行く手を見詰める間宮林蔵の姿があった。その頑丈な背から孤独の影が漂ってきた。

小籐次は刃物の錆と砥石の粉に汚れた桶の水を海に捨て、その日の作業を終えた。

二

江戸を出立して一夜目、万国丸は譜代一万石稲葉家の所領の館山湊で碇を下ろした。明け六つ（午前六時）に小梅村を出立し、越中島での停泊を経ての航海にしてはまああの行程だった。まだ大海原に出たわけでもないのに、浩介や竹中のように船酔いの者もいた。

小籐次は夕餉に三合ばかりの酒を飲み、炊方が料理した磯鍋をたっぷり食して寝に就いた。酒は主船頭の東薗加平が研ぎ代として、

「酔いどれ様の胃の腑が満足するほどに飲みなせえ」

と四斗樽（しとだる）をかたわらに据えた。

小籐次と浩介の寝所として用意された場所には、昼餉も夕餉も満足に食べなかった浩介が青い顔で横たわり、

「赤目様はようも船の上で食べられますね」

と呆れた顔をした。

「やはり来島水軍の血が流れておると見える。そなたには悪いが、どれほど揺れ

るか、明日からが楽しみじゃ。今宵はよき夢を見られそうじゃぞ」

「酔いどれ様は不死身にございます」

「浩介どの、湊に停泊しておるうちに少しでも休むがよい」

と言った小籐次だが、鼾をかいて先に眠りに落ちた。


翌未明、万国丸は再び碇を上げ、まず舳先を西に向けた。洲崎を回るためだ。洲崎を迂回したところで北へと転進し、遠くに安房神社を見つつ野島崎を躱し、大海原に出る海路を辿ることになる。


浩介は万国丸が湊に停船中にふらふらと立ち上がり、用を済ませた。だが、帆を上げた途端、

「赤目様、やはりいけません」

と吐きそうな顔付きで再び横になった。


小籐次が商売道具を抱えて船室を出ると、艫櫓から声がかかった。

「赤目様、今日も店開きをしなさるか」

「加平どの、なにもせぬのも退屈でな」

「よほど貧乏が染み付いておられるようだ」

と加平が笑い、

「昼過ぎからは仕事もできぬほどに船が揺れますぞ。道具を飛ばされぬようにしっかりと固定しなされよ」

と注意した。

小籐次がどうしたものかと思案していると、若い水夫が板を抱えて姿を見せ、

「研ぎ場を囲み込みますぜ」

と手際よく三尺四方の板囲いを造ってくれた。

小籐次は高さ五寸ほどの板囲いの中に洗い桶、砥石を並べ、自らも座して研ぎの構えをしてみた。

「これは、道具もそれがしも安定してよいな」

水夫はさらに、桶などが飛ばされぬように桟(さん)を粗く格子に渡して板囲いの上に打ち付けた。

「研ぎ場を空けるときには、この古帆布を重し代わりに、桟の下に広げなせえ」

と畳んだ帆布を差し出した。

「おお、これならば道具はびくともせぬな」

「客人、あとは自分の身を守るこった。波に攫われねえようにな」

手際よく仕事を片付けた水夫が笑った。

「いかにもさよう。十分に気をつけよう」

小籐次はうっすらと明け始めた光の中で、船中で使われる様々な道具の研ぎを始めた。どれもかたちが変わっていて一様ではないので、どう研ぎ上げようかと考える楽しみがあった。

一刻（二時間）ほど仕事を続けていると、万国丸が向きを変えたのが分った。

その途端、万国丸の舳先が、
ぴょん
と跳ね上がり、外海に船が出たことを知らされた。

「酔いどれ様、朝餉じゃぞ」

艫櫓から声がかかり、小籐次は道具が飛ばされぬように、板囲いの桟の下に古帆布を広げて掛けた。

食堂にはすでに間宮林蔵の姿があって、味噌汁を搔き込んでいた。

「お早うござる」

「うーむ」

林蔵はただ頷き返しただけだ。異郷を独り旅してきた探検家は無口で、無愛想極まりない。天文方に入るには天才英知の者でないと難しいと浩介が言ったが、林蔵の貌は暗く沈んで見えるばかりだ。

小籐次は丼飯にあつあつの味噌汁をぶっかけ、沢庵漬けで二杯ほど食べた。

「間宮様に負けず劣らず、赤目様もなかなかの食欲にございますな」

それを見ていた加平が言い、

「その分ならば、那珂湊まで寝込むことはございますまい」

と請け合った。

朝餉の後、小籐次は大きく揺れる船上で研ぎ仕事を続け、時に立ち上がって荒れる海原と安房の景色を楽しんだ。

洲崎の沖合いを回頭する万国丸に、なぜか小籐次の血が騒いだ。

(海に生きた来島水軍の魂が残っていたとみえる)

それが小籐次にはなにより嬉しいことだった。

万国丸は安房一宮の安房神社の沖でほぼ東へ転じ、野島崎を躱した。さらに白浜沖から安房と上総の国境の小湊へ海岸沿いを突っ走る。

小籐次の頭上で二十二反の帆が風を孕んで、
ばたばた

と鳴り、四半刻（三十分）ごとに激しさを増した。

「酔いどれ様よ、思いの外早く天気が変わりそうじゃぞ。昼からはさらに西風に激しく揉まれよう。研ぎ仕事は無理じゃ。早々に道具を片付けなせえ」

と艫櫓の加平が西空を見ながら言った。

秋に吹く西風は荒れ模様の天気を運んでくる兆しか、西空には黒々と雲が渦巻いていた。

船中で主船頭の命は絶対だ。

「承知した」

小籐次は急いで店仕舞いをした。

「研ぎ残した道具は明日にもやり終えるでな」

「酔いどれ様のような客だと船頭も水夫も助かるぞ」

船足を速める西風に満足げな加平が笑った。

昼餉は館山湊で用意した握り飯と漬物だった。それを食した小籐次は再び船上に出た。

二十二反が満帆に西風を受けて、万国丸は最大船足で突き進んでいた。

艫櫓の舵方数人は沖合いへと船が流されぬように必死で操船していた。緊張して弾む息と舵棒の軋みが、甲板の小籐次にも伝わってきた。

小籐次は艫櫓下の壁に竹竿が何本も結わえ付けられているのを見て、

「加平どの、竹竿を借り受けてよいか」

「なんぞ新たに企んでおられるかのう」

「腹ごなしに、ちと体を動かすだけよ」

「好きにしなせえ」

小籐次は竿の中から八尺（約二・四メートル）余の長さのものを引き抜き、手に馴染ませるように軽く突き出し、振ってみた。

「これでよい」

小籐次の腰には脇差があるだけだ。

万国丸は舳先を北東に向けて、縦と横へねじれるように船体を揺らしていた。甲板の右舷に大波が覆い被さるように現れたかと思うと、次の瞬間には真下に消えて、船は奈落の底に落ちたように沈降した。

そんな甲板で小籐次は竿を突き出しては手繰り、右に払っては左に返し、己の身丈より三尺は長い竿を自在に扱った。

来島水軍の末裔だ。

小籐次は亡父に、

「来島水軍流正剣十手脇剣七手」

を叩き込まれると同時に、船上の戦いを想定し、竿や櫓の扱いからそれを武器に変えての戦い方を教わった。だが、小籐次は荒れる海で、剣も竿も使ったことがなかった。

小籐次の両足は、
ぴたり
と甲板に吸い付き、腰は安定して揺れにも動じることなく、八尺の竿を縦横無尽に突き、振り、払った。その動きは流れるようで一瞬の遅滞もなく、小籐次の周りに何者をも近付けなかった。

竿を扱い出して一刻、小籐次は動きを止めた。

「酔いどれ様、おまえ様という方は、なりは小さいが大した武芸者じゃな。さすがに御鑓拝借、十三人斬りの剣客じゃぞ。この荒れる海を走る船の上で、腰一つ揺らぐことなく自在に竿を使いなさる。一体全体、どんな稽古をなされたかのう」

「加平どの、それがし、近頃まで西国のさる藩にご奉公しておった」

「赤目小籐次様が豊後森藩に勤めておられたことは、だれもが承知じゃぞ」

「その森藩だがのう、元を辿れば来島水軍よ。船上での戦いも竿の遣い方も親父殿から叩き込まれたものじゃ」

と答えた小籐次は、

「だが、この数代は陸に上がった河童でな、海を知らぬ。そこで、かように船上をお借りして、来島水軍流を遣うてみた」

「血は争えぬのう。道理で船酔いもせず楽しまれておられるわけかな」

と笑った加平が、

「こうなれば、酔いどれ様の来島水軍流の剣技が見てみたいものよ」

と所望した。

「主船頭のご所望を断わるわけにもいくまいな」

小籐次は竿を元の場所に戻すと、船室から次直を持参した。

西風は強まり、空は真っ黒に変わっていた。

相模灘は雷雨か。空に稲妻が走っていた。

小籐次は甲板に正座し、しばし瞑想(めいそう)した。

間宮林蔵が船室から姿を見せて、瞑想する小籐次を見た。

　このとき、林蔵の胸の中に、四家の行列を襲って御鑓先を斬り落とし、ちと有頂天になりおった、

「虚け者の剣術家か」

という嫌悪の情が生じていた。

　小籐次の矮軀が剣を手に立ち上がり、腰に差した。

　その瞬間、五尺余の身丈が六尺の巨漢に変わったのだ。

（なんということか）

　林蔵は驚きを隠しきれなかった。だが、本当に驚くにはまだ早かった。

　小籐次の口から、

「来島水軍流正剣十手脇剣七手、とくとご覧あれ」

という呟きが洩れ、剣が抜かれた。

　その後、どれほどの時が流れたか、林蔵は荒れる海を走る船上にいることを忘れて、一人の老剣術家が展開する剣技の神韻縹渺とした動きに幻惑されて、茫然自失、立ち竦んでいた。

　赤目小籐次は荒れる海も西からの疾風も自らの支配下に従え、自らが宇宙の中心にあるが如く自在に舞い、自由に動いていた。

小籐次が剣を遣う間、自然界は矮軀の老剣客の前に平伏していた。

林蔵には神秘とも思える時の流れで、

（酔いどれ小籐次に四大名家が敗れたは、むべなるかな）

と震撼（しんかん）させられた。

浩介の言葉どおり『大日本沿海輿地全図』と『大日本沿海実測録』の製作に当たってきた伊能忠敬は四月十八日に死んでいた。極秘にされた伊能の死後も、林蔵はその弟子たちと一緒に製作を続けてきた。

伊能忠敬亡き後、日本全図の製作指揮に当たるのは高橋至時の子で、同じく幕府天文方の高橋景保（かげやす）だ。

伊能の死は地図が完成するまで内密にされて、その事実を知る者はわずかだ。だが、どうやらその秘密は洩れて、世間で噂になっていた。

林蔵は幕府隠密方に呼ばれ、密かに内命を受けた。

「水戸藩の御用船に同乗せよ」

幕府密偵は、なぜと問い返すことは許されていない。だが、御用の趣は知らされた。

「水戸がすでに『大日本沿海輿地全図』と『大日本沿海実測録』の一部を所有し

ているという噂がある。林蔵、水戸に参り、その真偽を確かめて参れ。船は水戸藩御用船に同乗せよ。手配は済ませてある」

相手は御三家である。幕府が疑うべき相手ではない。だが、命は命、

「承知仕った」

と返答した。

林蔵が乗った万国丸に四家の行列を襲った赤目小籐次が乗船していた。それは偶然か、林蔵の内命に関わってのことか。

林蔵にはそれが分らなかった。

（まあよい。正体を見せるときがくれば分ろう）

そう肚を括（くく）った。

万国丸は西風を受けて、一気に安房から下総の沖合いを抜けて太東崎（たいとうざき）を回り、九十九里に出た。

「西風と追いかけっこだぞ。走れ、走らせよ！」

と主船頭の加平が水夫らを叱咤（しった）した。

そのせいもあって九十九里を飛ぶように走り切り、犬吠埼（いぬぼうさき）を躱して、夕暮れには利根川河口の銚子港に碇を下ろしていた。

「酔いどれ小籐次様に神業を見せられたでな、この東薗加平もちと張り切りました」

と艫櫓で胸を張った。

「加平どの、存分に船の走りを堪能し申した。それがし、このままずっと船に乗っていたい心持ちにござる」

「蝦夷の海を探検なされた間宮様さえ、気分が優れぬと言われて船室に引き上げられたというに、酔いどれ様は化け物にございますぞ」

「船頭がよいと、船が母様の胸のように思えるわ」

「赤目小籐次様がよう言われるわ。今日たっぷりと走ったで明日には楽々、那珂湊に到着しますぞ」

「それは重畳(ちようじよう)」

「今宵は酔いどれ様と最後の夜、酒をご一緒させてもらいましょうかな」

と加平が小籐次を酒に誘った。

夕餉、乗船客の四人が顔を揃えた。

竹中と浩介は青い顔をしていたが、間宮林蔵はさほどの船酔いではなさそうだった。それより小籐次には、林蔵になにか迷い事か心配があって、それが林蔵を緊張させているように思えた。

四斗樽がでんと置かれた。

酒の肴は銚子に上がったばかりの鰯の刺身だ。

「ほう、これは美味そうな」

小籐次が思わず新鮮な魚に生唾を飲むと、加平が、

「まず九十九里の鰯に敵うものはございませんよ」

と自慢した。

「赤目様はなんでも、江戸柳橋万八楼の大酒の会で、三升入りの大杯で五杯飲み干された兵じゃそうな。好きなだけ飲みなせえ」

と炊方に擂鉢を持ってこさせた。

「ここは船中ですので、塗り杯など洒落たものはございませぬ。こいつが船で一番大きな器です。まず二升は入ります」

加平が大柄杓で擂鉢に酒をなみなみと注いだ。

「それがしが先陣を切ってよいものか。まずは竹中どの、間宮どの、口をつけて下され」

「赤目どの、そのような器で酒が飲み干せるものか」

竹中が呆れ顔で辞退した。

「やはり酔いどれ小籐次様しか手が付けられませんぞ。船中です、遠慮なさいますな」

「加平どのの再三のお勧めゆえ頂戴致す」

小籐次が両手で擂鉢を抱え、鼻の穴を大きく膨らませて酒の香を嗅いだ。

「これは堪りませぬ。さすがは水戸様の御用船の酒じゃ。上酒にございますぞ」

と呟いた小籐次は口を擂鉢に寄せた。

擂鉢が傾けられた。

二升の酒がゆっくりと小籐次の喉へと流れ落ち、音もなく胃の腑に納まるのに数瞬の間しかかからなかった。

「な、なんと」

と驚く満座に小籐次が、

「これはしたり、外道の酒飲みにござったたな。味わう暇もなく、つい飲み急いでしまいましたぞ」

「ならばもう一杯」

　呆れ顔の加平が二杯目を擂鉢に注いだ。

「頂戴致す」

　今度は喉を鳴らして三口で飲んだ。

「灘の生一本、いやはや極上の味わいにございました。今宵はこれにて納杯と致す」

　小籐次がその場に置いた擂鉢には一滴の酒も残っていなかった。

　一座が呆然として言葉をなくす間、林蔵は、

（赤目小籐次とは何者か）

　と考えていた。

　その夜、万国丸を激しい雷雨が襲った。雨は明け方から朝まで続き、止んだ。

三

　銚子湊を出た万国丸は苦労して鹿島灘を進んだ。雨の後、風向きが変わったせいだ。それでも、この界隈の海と潮流を知り抜いた主船頭東薗加平の指揮で方向を小刻みに変え、帆にわずかな風を拾って前進した。

赤目小籐次は再び甲板に研ぎ場を開き、明日から使う道具と万国丸の研ぎ残した刃物を研いで時を待った。

「那珂湊が見えたぞ！」

艫櫓から舵方の一人が叫び、船内は活気付いた。

研ぎをほぼ終えていた小籐次は砥石を片付け、桶の汚れ水を海に捨てた。

桶の中に砥石や研ぎ上げた道具を入れて研ぎ場を片付けると、脇差だけの姿で舳先に上がった。

岩場に波がぶつかり、白い飛沫(しぶき)を上げる海に、茶色に濁った水が流れ込んでいた。

那珂川が海に注ぎ込んでいるのだ。茶色に濁ったのは昨夜の大雨のせいだろう。

「赤目様」

と声に安堵の響きを漂わせて、浩介が舳先に上がってきた。

「着きました」

「着いたな。気分はどうか」

「船酔いは陸に上がれば治ります」

万国丸は茶色の水が流れ込む海を横切って、巧みに那珂湊へと入っていった。

「那珂湊から川船に乗り換え、水路、水戸城下まで行けるのですが、この増水では歩くことになりそうです」

「城下までどれほどか」

「二里半ほどにございます」

「船で鈍った体を解すには、ちょうど頃合じゃ」

陽はまだ高かった。

二人は船室に戻ると、自分たちの持ち物を提げて再び甲板に出た。

「酔いどれ様、世話をかけましたな。楽しい道中にございましたよ。またどこぞでお会いしましょうかえ」

と主船頭の加平が別れの挨拶を投げてきた。

「こちらこそ造作をかけた。昨夜の酒は格別に美味であったわ」

「酔いどれ様ではない、底なし様だ」

と海に生きる男らしく豪快に笑った加平が、

「帆を下げよ！　碇を下ろせ！」

と水夫たちに命じ、大轆轤の音が小籐次の足の下から響いてきた。

那珂湊に上がってみると、手違いが生じていた。

出迎えるはずの水戸藩の家臣は、万国丸の到着は今日ではないと勘違いして、すでに城下に引き上げたという。

小籐次らばかりではなく、竹中と間宮のほうも事情は一緒だった。

だれがそのような間違った報らせを流したか。

家臣の竹中は怒ったが、いないものはしようがない。

「致し方ない。城下到着は夜になりますが、間宮どの、徒歩（かち）で願います」

竹中が間宮に願っているのを聞き、小籐次と浩介らも二人に同行して那珂川沿いの街道を水戸に上がることになった。

二人の背には風呂敷包みが負われていた。小籐次は水戸行きが決まって以来、創意と改良を重ねてきた行灯四つを完成させていた。それをばらして二人は負っていたのだ。木片と竹と紙で作られた行灯だ。重くはない。

間宮は相変わらず無愛想な顔で歩き出した。

それを見た浩介が船中で聞いたか、

「間宮様は一日三十里を歩かれる健脚だそうです」

と小籐次に教えた。

徒歩が旅の主な移動手段の江戸期、一日十里が目安だった。それを間宮林蔵は三倍も歩くという。密偵の噂が立つはずだと、小籐次は林蔵を見た。

背丈は五尺四寸ほどか、全体ががっちりとしており、両足はとくに頑丈そうで、少し開いた足を、

ぱあっぱあっ

と蹴り出すようにして進んでいく。

負けじと、小籐次と浩介も林蔵らに従った。

那珂湊と水戸城下の中ほどに進んだところで、釣瓶落としに秋の陽が沈んだ。浩介が用意の小田原提灯を点し、三人を先導する恰好となった。

六つ半（午後七時）過ぎ、水戸城下近くまで辿りついた。

「間宮どの、赤目どの、しばしの辛抱でござる。ご城下まであと半里足らずじゃ」

水戸藩目付の竹中が三人を元気付けるように言った。

その瞬間、小籐次は待ち受ける人の気配を感じた。

（追腹組の刺客が早、水戸入りして待ち受けておるか）

小籐次らは船中二泊三日の旅であった。刺客が水戸街道を陸路で辿っても十分

に間に合う。

「浩介どの、それがしのかたわらにいなされよ」

と、先導する浩介と肩を並べた。

「なにかございますので」

「待ち人がおるようじゃ」

小籐次の言葉を聞いた林蔵の体が竦んだように思えた。

「赤目様、待ち人なれば、わが藩の者が城下外れまで出迎えに参っておるのでしょう」

竹中が答え、行く手にちらちらと灯りが浮かんだ。

「おうおう、やはり野地蔵まで迎えかな」

竹中が走り出そうとした。

「竹中様、お待ちあれ」

小籐次が引き止めた。

「なんぞ心当たりがございますので」

「それがしに用の者かと思うてな」

「赤目様は水戸に知り合いをお持ちで」

「いや、江戸から来た者かと思う」

四人は歩を緩めて灯りに向った。

那珂湊からの街道が二股に分れる辻に、野地蔵を祀る御堂があった。その辻で提灯が一つ風に揺れていた。

だが、人影はない。

「だれがこのようなことを」

竹中が呟いた瞬間、小籐次らは黒い影に無言で囲まれていた。襷がけの戦仕度、黒覆面が顔を覆っていた。

江戸からの刺客ではないと、小籐次は直感した。となると、水戸で雇われた連中か。背に負った風呂敷包みの紐を解いた。

「何者か。ご城下近くでの怪しげな振る舞い、断じて許さぬ」

ただ一人の水戸家家臣竹中正蔵が黒い影らを誰何した。

輪の外から声が応じた。

「幕府密偵間宮林蔵、ご城下に入ること許さぬ」

その声に、輪に囲んだ一団が一斉に剣を抜いた。

小籐次は勘違いをしていた。自らに向けられた刃と思っていたが、間宮林蔵への刺客だった。

林蔵の口から、

ううう

という声が洩れた。

林蔵は剣術には自信がないらしい。

小籐次は、林蔵ががたがたと震えているのを見た。

「そのほうら、勘違い致すな。間宮どのは幕府天文方に所属されるお方、水戸江戸屋敷が許しを得て招いた客人であるぞ」

竹中が尚も制止した。

輪が無言の裡に縮まった。

「竹中様、言い聞かせて分る相手ではなさそうじゃ。この場はそれがしにお任せあれ」

「赤目様に迷惑はかけられませぬ」

「同じ船に乗り合わせたのも、なにかの縁でござろう」

小籐次は背に負うた荷を足元に置いた。道中羽織を手早く脱ぎ捨てると、浩介が受け取った。

「竹中様、怪我をしてもつまらぬ。間宮どの、浩介どのとともにこの場にしゃがんで見物しておられよ」

小籐次はそう声をかけた。

「それがし、水戸家の家臣にござる。客人を襲う怪しげな者どもを黙って見逃したとあっては、明日から城下を歩けぬ」

「竹中様、ほんの座興にござるよ」

小籐次はそう言うと、

すいっ

と輪の正面へと身を進めた。その一角に手練れを配した布陣と見たからだ。

「それがし、赤目小籐次と申す。縁あって間宮どのに助勢致す」

輪の刺客にざわめきが走った。

「ほう、御鑓拝借の虚名、そなたらも承知と見ゆる。それでも参られるか」

小籐次は、斬り合いをすることなく相手方が引き下がれば、と願って言い放った。

「酔いどれ小籐次とやら、邪魔立て致さばそのほうも斬り捨てる」

輪の外の声が応じ、再び輪の刺客団に緊張が戻った。

小籐次は次直を抜いた。
正面に切っ先を置く正眼の構えだ。
輪の刺客団が剣を立てた。
その直後、小籐次の目を晦ますためか、円陣が右回りに回転を始めようとした。
小籐次は動きを察した瞬間、右手に飛んで、正面にいた刺客に一の手を放っていた。
その動きは、下忍を想起させる集団の予測を超えて迅速だった。
小籐次の矮軀が一気に間合いを詰めて、次直が一人の刺客の肩を割っていた。
げえぇっ！
輪がいきなり乱れた。
連携した円陣の動きに齟齬が生じた。
その隙を突いて小籐次が縦横左右に飛び、次直を振るって次々に斬り崩した。
一瞬の間に相手方の攻撃陣に混乱が生じた。
老武者小籐次が動く度に、一人ふたりと倒れ伏していくのだ。
「退け！」
乱れた輪の外から首領が命じた。

影が倒れた仲間を引き摺り、間合いの外へと逃れた。

「赤目小籐次、この邪魔立ての恨み、必ず晴らす」

「心して待つ。その折のため、名を聞かせてくれぬか」

「精進一派」

その声を残して刺客は消えた。

ふーうっ
と一つ息を吐いたのは竹中だ。

「精進一派なる者ども、お聞きになったことおありか」

「むろん承知です」

と竹中が答え、

「ですが、このような振る舞いは初めてにござる」

と付け加えた。

小籐次は野地蔵の御堂の軒に吊るされた提灯の灯りを吹き消した。

「参ろうか」

四人は城下までの最後の行程を黙々と歩いた。

城下の札ノ辻に到着したのは五つ（午後八時）過ぎのことだ。

「竹中様、私どもはこれよりご当家小姓頭太田拾右衛門様のお屋敷をお訪ね致します」

「太田様のお屋敷を承知か」

「およそは承知しております」

浩介が答え、竹中が、

「赤目様、得難き船旅にございました」

と礼を述べた。

「なんの、こちらこそ楽しゅうございました」

「またお会い致しましょうぞ」

と竹中が間宮林蔵を案内して二人の傍から離れていった。

「赤目様、間宮林蔵と申されるお方、だいぶ変わっておられますね」

小籐次に危難を救われながら、礼の言葉一つ口にしなかった林蔵らが消えた通りを浩介は目で追った。

「間宮どのは水戸に何用あって参られたのかのう」

小籐次はそのことを気にかけた。

「幕府密偵と噂されるお方の御用など分るものですか」

浩介の突き放した言葉に、間宮林蔵への関心は、

「いかにもさようかな」

と小籐次の念頭から薄れていた。

明日からほの明かり久慈行灯作りを指導する仕事が待ち受けていた。そのこと
に専念する、と小籐次は自らに言い聞かせた。

二人が三の丸の太田家の屋敷を訪ねたとき、すでに刻限は五つ半（午後九時）

を回っていた。

「遅い刻限になったのう」

「那珂湊で手違いがあったのですから致し方ございませぬ」

と答えた浩介だが、不安そうだった。

「ともあれ、われらの水戸到着を告げて直ぐに辞去致そうか」

と二人は太田家の門前で言い合った。

江戸の水戸家下屋敷を出る折、那珂湊に太田家の迎えが出ているから、以後の
指図はその者に受けよと聞いてきたのだ。

浩介が通用門を遠慮深げに叩いた。すると、

「どなた様にござるか」

「江戸から赤目小籐次様のお供で参りました、紙問屋久慈屋の手代浩介にございます。ただ今、ご城下に到着しましたので、そのことをお知らせに参りました」

「おおっ、赤目様はただ今ご到着か」

という返事がして、潜り戸が開かれた。

二人の夜分の到着に、太田家では大慌てに家臣たちが走り回ることになった。

灯りがあちらこちらに入り、大勢の人が動き回る気配があった。

小籐次と浩介は内玄関に連れて行かれ、そこで足を濯ぎ、旅の埃を払うと座敷へと招かれることになった。

太田家の奥座敷では、主の拾右衛門と嫡男の静太郎が出迎えてくれた。

この春、小籐次も浩介も久慈屋昌右衛門の供で、昌右衛門の在所の水戸領内久慈川流域の西野内村を訪ねていた。

その道中、偶然にも水戸藩の重臣前之寄合久坂華栄の息女鞠と知り合い、小籐次は鞠に降りかかった危難を救ったことがあった。それが縁で水戸城下まで道中を共にした。

その折、鞠の父親の華栄とも、許婚太田静太郎と父親の拾右衛門とも出会い、以来、江戸で付き合いを重ねてきた。

ほの明かり久慈行灯の製作指導も、そのような交友から生まれてきたのである。

此度の水戸行きに際し、太田家が赤目小籐次らの水戸滞在を受け入れるとだけ聞かされていた。

「太田様、かような刻限にお訪ねして恐縮にございます。まずは到着のご挨拶を申し上げ、早々に立ち去ります」

と浩介が挨拶した。

「いや、那珂湊でのこと、こちらの手違いである。静太郎らは万国丸の到着は明日以降ということを湊の役人に聞かされ、引き上げてきおってな」

と拾右衛門が浩介に言い、

「赤目どの、相すまぬことであったな」

と小籐次に詫びた。

「なんのことがございましょうや。浩介どのの申されるとおり、かような刻限にお屋敷をお訪ね致し恐縮千万にございます」

「赤目様、お許し下さい。われら、那珂湊郡奉行の手下と称する者に告げられ、ついその言葉を信じて城下へ引き上げ、明日再び出直すことにしておりました。なんであのような偽りを申したのか」

静太郎が首を捻った。

「おそらく理由があってのことにござろう」

「赤目様、理由を承知か」

「われらが乗船した万国丸には、幕府の天文方間宮林蔵どのが乗船しておられました……」

と、城下近くの野地蔵の辻で、

「精進一派」

と名乗る一団に間宮林蔵が襲われたことを告げた。

「あの馬鹿者どもが！」

「赤目様の道中にはつねに風雲渦巻いておりますね」

と父が吐き捨て、倅は呆れた顔をした。

拾右衛門は、

「いや、赤目どのが竹中と間宮どのと一緒であったことがわが藩に幸いした。明日にもなんとか手を打たねば」

と間宮林蔵襲撃事件に関心を寄せた。

「そのようなことが待ち受けていようとは存じもしませんで、那珂湊から軽率にも引き返してきました。なんとも申し訳ございませんでした」

静太郎が改めて詫びたとき、廊下に足音がして、酒と膳が運ばれてきた。

「太田様、私ども、ご挨拶だけで引き上げます」

浩介が慌てた。

「赤目どの、浩介、そなたら二人、水戸滞在中は当家に逗留することになってお る。城中の作事場にも近いでな、なにかと便利であろう。もはや遠慮は無用じゃ ぞ」

そう言った拾右衛門が、

「静太郎、詫びの印に赤目どのにたっぷりと酒を注げ」

と命じた。

四

御三家の居城水戸城下は、北に那珂川の流れを、南に千波湖（せんば）を要害として舌状の台地に築かれ、東西に武家屋敷、町家を配した造りで、東西に細長く広がっていた。

戦国時代、佐竹義宣によってその原型が造られ、寛永年間（一六二四〜四四）、徳川頼房によって大きく改修が加えられた。

本丸は台地の東端にあり、その西に二の丸、三の丸と曲輪が連なり、さらにその西に町家が形成されていた。

太田拾右衛門の屋敷は三の丸内にあって、作事場にも近い。

赤目小籐次と浩介は、太田静太郎に案内されて水戸藩御作事場に入った。

水戸に到着した翌朝の五つ半（午前九時）のことで、すでにそこには藩の下士や領民が数十人ほど集まっていた。その中に小籐次と浩介は見知った顔を発見して、ほっと安堵した。

久慈屋の本家、細貝忠左衛門と細貝家の職人頭角次らだ。

江戸芝口橋に紙問屋を構える久慈屋は、延宝三年（一六七五）に初代昌右衛門が水戸領内西野内村から西ノ内和紙を持って江戸に出て、紙商いを始めた。以来、七代、久慈屋は江戸で西ノ内和紙を中心に商いを続けてきた。

特筆すべきは水戸の二代藩主光圀が『大日本史』編纂に西ノ内和紙を使い、

「水にも火にも強い紙」

と喧伝してくれたことだ。それを切っ掛けに西ノ内和紙は世間に知られるようになり、お店の帳簿などに広く使われるようになって、久慈屋は江戸屈指の紙問屋に成長した。

それは江戸店だけの努力でなったものではなく、西ノ内和紙を製作する西野内村で本家細貝家ががっちりと国許を守り、西ノ内和紙の改良製作に絶えず努めたことが見逃せなかった。

西ノ内和紙の名声は、江戸の久慈屋の販売力と西野内村の細貝家の紙作りの両輪がうまく嚙み合ったからこそ成功したのだ。

小籐次はこの春、忠左衛門方に滞在して世話になり知己を得ていた。

「赤目様、ご苦労様にございます」

忠左衛門が、小籐次のかたわらに来て声をかけた。その後ろには角次も控えていた。

「春先、忠左衛門は角次らを引率してきていたのだ。

「春先、細貝家での座興がかような大事を生んでしもうた。赤目小籐次、水戸様のご期待に応えられるかと、ちと案じており申す」

「赤目様、ご案じなさいますな。城下の商人は、斉脩様が名付け親のほの明かり久慈行灯の意匠に驚いておりましてな。これならば数奇好みの江戸の趣味人に受け入れられようと、大いに話しておりますよ」

と忠左衛門が言うところに、家臣二人が顔を見せた。

水戸家小納戸紙方春村安紀と作田重兵衛だ。

「赤目様、ご苦労に存ずる」

「海路何事もなく那珂湊に安着なされましたかな」

と労い(ねぎら)の言葉をかけてきた。

春村、作田とも細貝家で知り合い、一夕(いっせき)、酒を酌み交わしていた。二人は此度の新行灯製作の担当でもあった。

「春村様、作田様、宜しゅうお頼み申します」

と小籐次も応じるところに、前之寄合久坂華栄が一人の重臣を案内してきて御作事場に緊張が走った。小籐次に従っていた静太郎も、舅(しゅうと)となる久坂が案内してきた人物に腰を折って挨拶を送り、その場を空けるように下がった。

「赤目どの、江戸からはるばるご足労にござったな」

すでに旧知の久坂が言い、

「国家老太田左門忠篤様にござる」

と紹介した。

御三家水戸は、

「天下の副将軍」

を以て任じ、定府が許されていた。

藩主が不在の水戸を掌握するのが国家老太田左門ということになる。それだけに並の国家老より権威も実権もあった。

小籐次は腰を軽く折り、頭を下げた。

「さすが肥前小城藩ら四家の大名行列を一人で襲い、御鑓先を奪い取った兵、赤目小籐次。なりは小さいがふてぶてしい面構えよのう」

横柄な言葉遣いには、御三家の水戸城下を守る権威が込められていた。年の頃合は還暦前か。

「恐れ入ります」

「斉脩様から書状を頂き、そなたが工夫した行灯を水戸領内で製作し、江戸で販売したいゆえ、協力致せとの仰せであった。領内で産する西ノ内和紙と竹を使えば行灯を作ることなど容易かろうが、さて江戸で売れるものかのう」

国家老の太田が疑問を呈した。その視線が静太郎に向けられた。

「静太郎、そなた、赤目が作る行灯を見たか」

「はっ」

と畏まった静太郎が、

「ご家老、赤目様は久坂鞠どののために初めて西野内村で行灯を作られたのでございます。その行灯を私も拝見致しましてございます」

「鞠とは、静太郎、そなたの嫁女になる女子じゃな。赤目は久坂の娘とも知り合いか」

「ご家老、この春先、鞠が松戸の親類を訪ねた帰り道、危難に襲われました。その折、赤目どのに助けられたのでございます。赤目どのは、久慈屋昌右衛門が西野内村に仕入れに行く道中に従うておられたのでございます」

と久坂華栄が答えた。

ふむ

と鼻で返事をした太田左門が、

「赤目、そのほうが御鑓拝借の達人とも斉脩様を驚かした行灯の作り手とも、俄(にわ)かに信じることができぬわ」

と正直な感想を洩らした。

「もっともにございます」

と答えた小籐次が、

「太田様、百聞は一見にしかずと申します。それがしが工夫したほの明かり久慈行灯、ご覧になりますか」

「持参か、見よう」

「しばし組み立てのお時間を」

と断わった小籐次は、浩介と二人、江戸から持参した風呂敷包みを解き、持ち運びがよいようにばらしておいた諸式部材を御作事場の真ん中に並べた。自然と二人の作業を見つめるように人垣ができた。

「なんぞ手伝うことがございますか、赤目様」

静太郎が小籐次に声をかけた。後ろに角次を従えていた。

「ご家老の横柄、気に障りましょうが、大叔父の性分、だれにもあのようでございます。お許し下さい」

「国家老どのと太田家は血縁でしたか」

「うちの本家です」

「静太郎どの、気になさるな」

静太郎はそのことを言いたくて、細貝家の職人頭の角次を伴っていたのだ。

「そなたの気持ちよう分った。角次どのの力を借り受けよう」

部材を点検した小籐次は、

「浩介どの、角次どの、それがし、国家老の太田様をはじめ、お集まりの方々に説明を申し上げる。部材に記した数の順に従い、一つずつ順番に組み立ててくれぬか。組み立てはできるだけ簡単に工夫してある。そなた方なら、たちどころに組み上がろう。まず箱行灯から願おうか」

「承知しました」

浩介が答え、小籐次は立ち上がった。

「ご家老、お待たせ致しました」

と振り向くと、太田左門は久坂華栄や太田拾右衛門らを従えて床机（しょうぎ）に座していた。

「春先、座興に作ったものが江戸で商いの品となるかどうか、とくとご自身の目でお確かめ下され。それがし、行灯作りを容易にするために、江戸にて部材の数をできるかぎり少なくする工夫を重ねて参りました。此度の試し作の四つのうち二つは、江戸の裏長屋にても使えるよう堅牢にして油代を少なくし、かつ明るさを生み出す実用久慈行灯と名付けたものにございます」

小籐次が浩介と角次を振り向くと、二人はすでに実用久慈行灯の組み立てを半分ほど完成させていた。

「この二人、それがしの工夫を知りませぬ。従って、この二人を初めて久慈行灯に接した客と見立て、組み上がるかどうかご覧下され。台座や枠のあちこちに順番が書いてございましてな、その数字の順どおりに嵌め込むとでき上がる仕組みにございます」

と説明し、

「久慈行灯はこの水戸領内で製作し、江戸で売ることを主に考えられました。となれば、水戸から江戸までいかにして行灯を安くかつ破損なきように運ぶかという問題が残ります。行灯は決して重いものではございませぬ。だが、かさばるものです。そこでそれがしは、水戸ご領内で組み上がったものを運ぶに際し、一旦ばらばらにしてそれぞれの部材を一括して運ぶことを考えましてございます。おそらく那珂川から那珂湊へ川船で、さらには那珂湊で帆船に積み替えて江戸まで一気に運び込むことになりましょうが、部材のほうが大量かつ安全に運ぶことができます。そのうえ、完成品では海水を被り紙が破れることも、また船の揺れで行灯自体が破損されることもございましょう。ですが、組立て前の品なればその心配はかなり低いものとなります」

二つの行灯はほぼ同時に組み上がった。

「続いて、ほの明かり久慈行灯の組み立てに入ります。こちらはちと複雑です」

小籐次が浩介と角次を見ると、頭の中に完成予想図があるのか、台座に手をかけ、組み立て始めていた。

「ほの明かり久慈行灯こそ、西ノ内和紙の漉き模様の特徴と職人芸が生かされる行灯にございます。此度は二つだけ工夫してみました。実際に製作を始め、江戸で売り広めるためには、さらなる工夫が要りましょう。まずはこの雛型を呑み込まれたうえで各自が工夫なさるのは自由にございます。ほの明かり久慈行灯が江戸で受け入れられるかどうかは、一に丁寧な仕事にかかっております。西ノ内和紙は光圀公以来、世間様に受け入れられておるものですからな。ほの明かり久慈行灯もまた、その質に見合うものでなくてはならない。そこで、作られた方々の名を行灯の片隅に記すのも一つの手かと存じます」

「なに、行灯を作った職人や百姓の名を入れよと申すか」

国家老の太田左門が咎めるように言った。

「はい。人というもの、その名が品に記され残るとなれば責任も生じ、気も抜けませぬ。技を会得した者だけに署名を許すとなれば、各自の励みともなりましょうし、水戸藩の御作事場の責務も生じます。そのことにより藩と職人衆の関わりも密になり、行灯の価値を高めます。例えば、『水戸藩御作事場認可ほの明かり久慈行灯作り名人西野内村初代角次』のようにでございます」

「うーむ」

というように太田左門が頷いた。

「できました」

という角次の声に小籐次は振り向いた。浩介のものも組み上がっていた。

二つの行灯は実用久慈行灯に比べて、丈高く形も曲線や丸みを帯びて、複雑だった。

浩介ができ上がった行灯に油皿を据え、菜種油を注いで灯心を立てた。

「ちと御作事場の外灯りを遮ってくれませぬか」

小籐次の言葉に格子戸や戸口が閉じられ、部屋は暗く沈んだ。

「お待たせ致しました」

小籐次の言葉に、浩介と角次がまず実用久慈行灯に火を点した。灯りを透かす四面は西ノ内和紙が張られた枠を上から差し落とす工夫がされていた。これもまた船での輸送を考えてのことだ。

「光圀公が火にも水にも強い西ノ内和紙と称されましたが、ただ今の西ノ内和紙はさらに薄くかつ強靭にございます。ゆえに、このような灯りが生じます」

二つの実用久慈行灯が一旦消された。御作事場が暗くなったところで、ほの明かり久慈行灯に火が点された。

ぼおっ
と灯りが点り、竹と紙が生み出す光の微妙な陰影が浮かび上がった。だが、座は沈黙のままだ。

浩介は慌てて、行灯に見入る人々を振り返った。

国家老太田左門は感に堪えない表情で両眼を見開き、光に見入っていた。

だれもが、竹の曲線が描き出したほの明かり久慈行灯の、優美とも風雅とも喩え切れぬ造形にうっとりとした表情をしていた。

「な、なんとのう。雅にして艶とはこのことか……」

太田左門が感動の言葉を洩らし、

「赤目、斉脩様がそなたを推挙するはずよ。これほど美しき灯りは見たことがないわ。これならば江戸の粋人の心を捉えよう」

「ご家老、赤目小籐次どのの腕前、得心なされましたか」

「久坂、許せ。久慈の紙と竹が生み出す行灯がこれほどのものとは、夢にも思うていなかったわ」

ふーうっ
と久坂華栄が息を吐いた。

床机から立ち上がった太田左門が、

「皆の者、赤目小籐次が水戸滞在中にしかと技を学べ。水戸の新しき物産を生み出すために必死で行灯作りを会得せよ。相分ったな」

「はっ」

と一同が和して答え、

「赤目、厳しい指導頼んだぞ」

と御作事場に現れたときとは打って変わった満足げな足取りで、太田左門がその場から消えた。

虚脱の空気が流れ、再び御作事場に外の光が戻ってきた。

火を消した四つの行灯の周りに、行灯作りを習いに来た人々が群がり、見入っていた。

小籐次は、今ひとつ江戸から用意してきた四つの行灯の図解を浩介と角次に貼らせた。

「ご一同、まず本日は四つの行灯を各部に分ち、組み立て、いかなる部材からできているか、図解を参考に頭に入れて下され。本日はまずこのことを習得して、実際の作業は明日から始めます」

小籐次の指図に従い、図解を筆記する者と四つの行灯をばらばらにする組に分れた。

静太郎が小籐次の許にやってきて、

「赤目様、なんぞ足りないものはございませぬか」

と尋ねた。

「こちらでもいくつか、ほの明かり久慈行灯を試作しようと思う。その材料を探しておる」

「紙、竹、木片のほかになんぞ要りますか」

「竹じゃが、青竹を自然に乾燥させたものだけでは物足りぬ。古竹が手に入らぬであろうか」

「古竹と申されますと、どのようなものでございますな」

「民家で長年囲炉裏の煙に燻された竹のようなものだな」

「そのようなものが行灯作りに役立ちますか」

「風合いが増そうかと考えておる」

静太郎が頷き、御作事奉行近藤義左衛門支配下の佐野啓三を呼び、小籐次の望みを告げた。

「囲炉裏の煙に燻された竹にございますか」

しばし考えていた佐野が、

「ただ今、七面山にある別邸を改築中でございますが、確か台所の天井に使われた太竹がそのようなものかと思います」

「見たいな」

「今から参りますか」

と佐野が言った。

小籐次は浩介を呼び、その場を委ねた。

城下の西方、千波湖を望む台地七面山は後に、

「水戸の偕楽園」

として、金沢の兼六園、岡山の後楽園とともに日本の三名園の一つとして数えられることになる。だが、小籐次が水戸を訪れた文政初期には存在しない。

文政十二年（一八二九）、斉脩の後を受けて九代藩主に就いた徳川斉昭は、天保四年（一八三三）、ようやくにして水戸に下った。水戸藩主は定府が常であったからだ。

領内を巡察した斉昭は、飢饉や戦の折の兵糧の一つとして梅を植えることを命じた。その一つが七面山で、この梅林をもとに偕楽園が開設されることになる。

とまれ――。

小籐次が訪ねたときは藩の別邸の一つに過ぎなかった。

改築現場には、小籐次が考えていた以上の古竹が転がっていた。その径太く、煙に燻された竹は煤で黒く汚れていた。

「これを磨けばなんともよい風合いの素材になりますぞ。ほの明かり久慈行灯の格がまた一段と上がりましょうな」

「このようなむさいものでよろしいので」

佐野が念を押す。

「なによりのものが手に入った」

小籐次は満足げだ。

「ならばこの古竹、明日までに御作事場に運ばせます」

と佐野がその場に残り、手配することになった。

帰り道、二人になったところで小籐次が、

「静太郎どの、あの古竹を使って、鞠どのの嫁入り道具になんぞ新しき行灯をお作りしよう」

と笑いかけた。

「鞠どのはきっと大喜びなされます」

と答えた静太郎が、

「鞠どのが、赤目様が江戸に戻られるときになんぞお土産をと、今から気にかけています」

「土産など無用じゃが」

と言いかけ、うづとの約束を思い出した。

「なんぞございますか」

「それがしに商いのあれこれを教えてくれた野菜売りの娘がおる。その娘に水戸土産をと約束しておった」

「それならば鞠どのと相談します」

と静太郎が請け合ったとき、竹林の道の向こうから刃を打ち合う音が響いてきた。

小籐次と静太郎は顔を見合わせ、刀の鍔元に片手を添えると戦いの場へと走った。

第四章　那珂川竿突き

一

竹林の坂道を二人は駆けた、必死で走った。

「生きて帰すでない！」

「なにを、殺されてたまるか！」

「書状を奪え！」

激しく言い合いながら刃を打ち合う音が大きくなり、小籐次らは竹林の葉邨(はむら)の向こうで闘争する人影を見た。竹林が蛇行した坂下の、もう一つの道と交差する辻で、十人ほどの侍たちが剣を振るって戦っていた。まだ倒れた侍はいなかったが、一方がもう一方を押し込み、囲い込んで、最後の攻撃を仕掛けるところだった。

戦いの場の外に、頭巾で面体(めんてい)を隠した人物がいた。

「待て！　ご城下で闘争に及ぶとは何事か！」

静太郎が攻勢の一派を牽制するために走りながら叫んだ。

頭巾の武家が、走り来る二人の姿に自らは竹林の藪陰(やぶかげ)に身を退いて、二人の様子を確かめた。戦う二派には小籐次らを振り向く余裕はなかった。

攻勢の一派の巨漢が振り回した刀が、もう一方の三人組の一人の股(もも)を斬り、斬られた若侍は、
がくり
と膝を突いた。それでも刀を構えて二の太刀を避けようとした。だが、攻勢の一派は巨漢侍の他に二人がかりで仕留めようと押し包んだ。

小籐次は菅笠の縁に差し込んだ竹とんぼを摑むと、指で捻りをくれて飛ばした。

竹とんぼが力を得て竹林の道を飛び、今しも剣を振り下ろそうとする巨漢の侍の鼻先に当たった。

うっ
と押し殺した声を上げた巨漢侍が、駆け寄る小籐次らをようやく認めた。

静太郎が、

「今坂、しっかりせえ。助勢致すぞ！」

と、知り合いか、劣勢の三人に叫びかけた。膝を突いた若侍が、

ちらり

と走り来る二人を見て、

「太田様！」

と喜びの声を上げた。

一旦剣を止めた巨漢侍が、再び剣を、静太郎が今坂と呼んだ若侍の眉間に叩きつけようとした。

小籐次は走りながら次直の鯉口を切り、

「多勢に無勢、何事か！」

と大喝した。

矮軀ながら御鑓拝借の勇者が腹の底から搾り出した声だ。巨漢の動きを止めるに十分で、竹林が、

ざわざわ

とその声の響きに鳴ったほどだ。

「邪魔立て致すと、そのほうらも叩っ斬るぞ！」

巨漢侍が動きを止めて、小籐次らが戦いの辻に飛び込んでくるのを睨んだ。攻勢派は小籐次らが二人と知ると再び勢いを得た。

「それがし、前之寄合太田拾右衛門の嫡男静太郎である。双方、剣を引け！」

静太郎が弾んだ息ながら言い放った。

「ちえっ！」

身の丈六尺三、四寸はありそうな巨漢侍が舌打ちし、竹藪に身を潜めた頭分の指図を受けるつもりか、視線を向けた。

「始末せよ！」

非情な命が竹藪から飛んだ。

「よしっ！」

巨漢侍が豪剣を持つ手に唾(つば)をくれた。

「止(や)めておくがよい。この方をどなたと心得る」

静太郎が小籐次を巨漢に示した。

「えらく貧相な爺侍じゃが、それがどうした！」

「そなた、在方の大全寅太(だいぜんとらた)とか申す乱暴者じゃな」

「おおっ、金剛流免許皆伝精進派の大全寅太じゃあ！」

静太郎に名指しされた巨漢侍が、豪剣を肩に立てた構えで静太郎を、つづいて小籐次を睨んだ。

「大全、そなたが眼前にしておるお方は、武勇をもって鳴る肥前小城藩を筆頭に大名四家の行列に一人で斬り込まれ、御鑓先を切り落として、旧主の恥辱を雪がれた酔いどれ小籐次、赤目小籐次様じゃぞ。ただ今、わが藩に招かれ、水戸城下に滞在しておられること知らぬか！」

静太郎の言葉に、大全ら攻勢派に動揺が走った。

大全は小籐次を見下ろした。

「酔いどれ小籐次、何ほどのことがあろう。この寅太が叩き殺してくれん！」

振り上げた剣を小籐次に向け直し、巨体ごと押し潰す勢いで小籐次に襲いかかった。

小籐次は左手を次直の鯉口にかけたまま、大全寅太の内懐へと飛び込んだ。

鯉口を切られた次直が鞘ごと抜き出され、柄頭が大全を襲った。

六尺三、四寸の大全と五尺そこそこの小籐次だ。

次直の柄頭は大全の股間を強かに襲うことになった。

げええっ！
思いがけなくも急所を柄頭で突かれた大全の腰が、
がくん
と沈み、腰砕けのままに後方へと吹き飛ばされ、背中から地面に叩きつけられた。
その際、大全の豪剣は手から飛び落ちていた。それでも起き上がろうとした大全があまりの激痛に膝を突いた姿勢で前のめりに突っ伏し、股間を手で押さえて、
ごろごろ
と、悶(もだ)え転がった。
竹藪から小さな罵(ののし)り声がして、
「引き上げじゃ！」
という命が発せられた。
剣を引いた五人に、
「木偶(でく)の坊を連れていけ」
と小籐次が声を上げた。仲間たちが大全寅太を五人がかりで引き摺り、竹林の辻から姿を消した。

「今坂、大丈夫か」

「太田様、助かりました」

「斬り割られた股の傷を見せよ」

静太郎が今坂に横になるように命じた。

「なあに、掠られただけです」

と気丈なところを見せて片足で立った今坂の右足首に、血が流れてきて地面に垂れた。

「見よ、血が激しく出ておるわ。腰を下ろし、傷口を見せよ」

静太郎が命じ、次直を腰に戻した小籐次が今坂の袴をめくり上げて傷口を確かめた。深さ一寸余、長さ四、五寸ほどに斬り割られた傷口から血が噴出していた。

「静太郎どの、止血致す」

小籐次は次直の下げ緒を解くと、まず傷の上の太股にきりきりと巻いて縛り上げた。今坂が思わず痛みに呻いたほどだ。

「ちと辛抱致せ」

仲間の一人が、

「それがし、印籠(いんろう)に斬り傷の薬を持参しております」

と蓋を開けて練り薬を差し出した。

「これはよき心掛けかな。お借りしよう」

静太郎が懐から手拭を出して差し出した。

小籐次は静太郎の手拭に練り薬をつけて傷口に押し当て、己の手拭で傷口を巻いた。だが、直ぐに手拭が真っ赤になるほど出血は激しかった。

小籐次は止血するために巻いた下げ緒に小枝を差し込み、さらに絞り上げた。

今坂が苦痛に呻いた。

「我慢致せ。ただ今、お医師の許に運び込むでな」

小籐次は立ち上がると竹林に入った。手頃な径の竹に目をやった。

次の瞬間、脇差が抜き打たれ、小籐次の矮躯が竹藪に舞った。竹が六、七本切られて、
ばさりばさり
と倒れた。さらに切り倒した竹を丈七尺ほどに切り揃え、それを縦横斜めに組み合わせて即席の担架を作った。

「静太郎どの、今坂どのをこの竹の上に寝かせて運ぼう」

額に脂汗を浮かべた今坂が竹の担架に寝かせられ、前の竹棒の両端を今坂の仲

間二人が、後ろを静太郎と小籐次がそっと持ち上げた。

「よし、外科医の津本学楠(がくなん)先生の診療所に急ぐぞ」

「はっ」

と先棒の一人が静太郎の命に応じた。

竹林の辻を急いで運ばれる今坂が青い顔で、

「助かりました、太田様」

「黙っておれ」

「まさか、あのような場所で精進一派に襲われようとは思いもしませんでした」

「そなたら、御用の途中か」

「ご用人の命で、先の町奉行嬬恋(つまごい)連蔵様の隠宅に書状を届けた帰りにございます」

「返書はあるか」

「はい」

と今坂が懐を探り、

「確かにございます」

と返答した。

「今坂、もうなにも喋るな。目を瞑っていよ」

と静太郎が命じた。

黙々と竹林の道を下ると、ふいに梅林に出た。もう民家がちらほらと見えるようになった。城下外れに到着していた。

「赤目様、この者たち、それがしと同じ鹿島神道流の道場仲間にございます」

小籐次は頷くと、

「われらが昨夜襲われた相手も、精進派と名乗りおったな。水戸家では内紛が生じておるか」

と間宮林蔵の顔を思い浮かべながら訊いた。

「御三家水戸藩の恥にございます。本来ならば、他国の方に話すべき事柄ではございますまい。ですが、赤目様はすでに騒ぎに巻き込まれておられます」

と静太郎が引き攣った顔で前置きした。

「静太郎どの、話したくなくば話さなくともよい」

「いえ、聞いて頂きます」

静太郎は意を決したように言うと説明を始めた。

「水戸藩は家康様の十一子の徳川頼房様が二十五万石で入封され、御三家水戸藩の初代藩主になられました。ですが、尾張、紀伊二家とは明らかに水戸の立場は異なります。尾張は禄高六十二万石、紀伊は五十五万五千石、実高も豊かで内所も潤っておられます。家格も両家は大納言、わが水戸は中納言に止められました。しかし、水戸は他の二家と異なり、定府を命じられましたゆえに、だれ言うとなく天下の副将軍、将軍家のご意見番を任じてきました。三代綱條様のとき、幕府は他の二家との釣り合いを考えられ、禄高二十五万石を三十五万石と命じられました。これは内実の伴わない水増しの加増にございます。以来、水戸では二十五万石の実高で三十五万の体面を保つことに腐心して参りました。後代になればなるほど藩財政は困窮を極めて、このことが定府の家臣と水戸領内に残る国侍との間に反発を生じさせ、離反を深めました。さらに藩は城下の商人らに頼り、在郷商人との対立もございまして、複雑な様相を呈しているのでございます」

今坂を運ぶ竹の担架は城下に入り、ひたすら先へと進んだ。

「水戸の礎を築かれたのは、言うまでもなく二代光圀公にございます。われら水戸の家臣は、光圀公の遺したものを教え込まれて参りました。ですが、時代が進むにつれ、その考えに勝手な解釈が加えられ、先ほど申し上げた定府の家臣と国侍、城下商人と在郷商人の対立の中に新たな争いの火種を蒔いたのです。精進派とは常陸在郷精進派のことにございます。この常陸在郷派は、在郷の国侍下士と商人が密かに合体し、江戸を中心に運営される水戸の藩政に反対の意向を示すような行動をとるようになったのです。それを水戸にいる定府派の重臣方は武力で押さえつけようとなされました。密かに血で血を洗う戦いが繰り返され、互いがさらなる疑心を深めていったのです。常陸在郷派の頭領は、在郷郡奉行精進唯之輔どので、家格も禄高も水戸家では少のうございますが、精進どのの下には下士、常陸国を領有した佐竹氏以来の郷士が集結し、その数は水戸藩の国侍の半数以上を占め、重臣方も無視できぬ存在にございます」

「なんとのう」

小籐次は水戸の藩政の内情を聞かされ、憂鬱になった。

「静太郎どの、そなたとこの者たちは同志かな」

「わが父や久坂様は定府の江戸家臣団と在郷派の間に入り、なんとか水戸を二分して対立する二派の融合に走り回っておられるのです。ですが、精進一派は、父方の行動を江戸定府派の手先と考えて、なかなか心を許そうとせぬばかりか、敵対視しております」

「今坂どの方も、その犠牲になられたか」

「いかにも、隠棲なされた先の町奉行嫣恋連蔵様は父方の理解者にございます」

静太郎はそう説明すると、

「赤目小籐次様の行灯製作に、斉脩様をはじめ重臣方が期待を寄せられるのは、水戸の藩政を立て直し、江戸と水戸、複雑な対立をなくさんがためです」

「静太郎どの、それがし、このまま江戸に戻りとうなった。それがしにはそのような力は到底ござらぬ」

「赤目様、どうか最後までそれがしの話を聞いて下さいませ」

「聞こう」

と小籐次が答えたとき、

「太田様、津本先生のお屋敷に到着しましたぞ」

と先棒の仲間が言った。

「助かった」

と答えた静太郎が、両眼を瞑って痛みに耐えてきた今坂に、

「今坂辰馬(たつま)、もはや安心せよ。津本先生の治療が受けられる」

と知らせ、

「そなたが懐の書状、横須賀に渡せ」

と御用を思い出させた。

「横須賀矢八、頼む」

今坂の書状が仲間に手渡された。

竹の担架は外科医津本の屋敷兼診療所の門を潜り、式台に立っていた見習い医師が、

「どうなされましたな」

と訊いた。

「刀傷だ。太股を割られて血が止まらぬ」

「そのまま診療室にお運び下さい」

小籐次らは津本の診察を待つ患者の前を通り、廊下から診療室に入った。

蘭学を長崎で学んだという外科医の津本は壮年の医師で、運び込まれてきた今坂に話しかけ、意識がはっきりしているかどうか確かめた。

「気は確かじゃな」

「はい」

と今坂が答え、津本が、

「治療台に乗せよ」

と弟子たちに命じた。

竹の担架から治療台に乗せられると、直ぐに津本学楠の診察が始まり、小籐次たちは屋敷の外へと出された。

静太郎は横須賀矢八ともう一人の仲間に、

「そなたらは御用を遂行せよ」

と命じた。

「今坂のこと、くれぐれもお願い申します」

「もはや津本先生に委ねられた。安心せよ」

「はい」

二人は静太郎と小籐次に頭を下げると門の外へと走り出した。それを見送った静太郎が、

「もうしばらくご辛抱下さい」

と前置きして、話を再開した。

「赤目様、那珂湊の沖合いに近頃、異国の船が姿を見せているのを、漁師たちが度々見かけております。領民には伏せられておりますが、水戸では知られたことです。異国の船が襲い来るのではないか、そのような考えが水戸の政情に新たな

る不安を付け加えて、ただ今の水戸はなにが起こっても不思議ではない状況下にございます」

「御三家の水戸がのう」

「御三家の水戸ゆえの苦悩やもしれませぬ。ともかく、水戸藩はなんとしても藩政を改革せねば自滅致します。赤目様のお力に縋ったのも、斉脩様はそのことをとくとご承知だからです。ですが、常陸在郷派の精進どの方は未だ、水戸が光圀公の御世の威光と力を持っていると、いや、その時代に戻そうと無益なことをなさっておられます」

「静太郎どの、それがし、船中間宮林蔵どのとご一緒したが、間宮どのの水戸入りは水戸の内紛と関わりがござろうか」

「父らはただ今必死に、間宮様の水戸入りの真相を探らんと、間宮どのに接触を図っております。ただ今も申し上げましたが、水戸ではどのようなことが起こっても不思議ではございませぬ。それだけに、常陸在郷派の精進どのらの手先が間宮どのを襲おうとしたことは許されぬことなのです。父は赤目様が同道しておられてよかったと洩らしておりました」

静太郎が言ったとき、見習い医師が式台に現われ、

「縫合が始まりました。四半刻（三十分）ほどかかるそうです」

と知らせた。

「命に別状はございませぬな」

「止血さえうまくいけは、その心配はございません」

見習い医師が確約した。

二

小籐次と静太郎が御作事場に戻ってきたのは夕暮れ前のことだ。行灯作りを習う藩士や領民たちは、明日からの実際の作業のために材料を揃えていた。

小籐次が御作事奉行の近藤義左衛門に詫びた。

「遅くなり申し訳ございませぬ」

さらに小籐次は浩介に作業の様子を訊き、ほぼ全員が行灯の仕組みを理解したと知って、

「本日はこれにて解散と致します」

と講習の散会を命じた。

御作事場に残ったのは、御作事奉行の近藤、その支配下の佐野啓三、小納戸紙方の春村安紀、作田重兵衛らと小籐次、静太郎の数人だった。

「赤目先生、七面山別邸の古竹、明朝まではこちらに届く手配が済んでおります」

と佐野が小籐次に告げた。

「早速のお手配恐縮に存ずる。初日、講習が具体的に進みませんでしたが、明日からは実際の作業に入ります」

その場に残った者たちに告げた。

「本日、国家老太田様が行灯作りに理解を示されたことが、なにより大事でございました」

近藤が小籐次を安心させるように言った。

その近藤や紙方の春村、作田らは明日の仕度があるとその場に残り、小籐次と静太郎は御作事場を後にした。すると、御作事場を出たところで太田拾右衛門とばったり出会った。

「おお、間に合うたか」

拾右衛門は国家老太田左門の御作事場からの退出に従い、その後、姿を見せなかった。

「狼藉者に今坂辰馬が斬られたそうじゃな」

「父上、お聞きになりましたか。津本先生の手で治療が無事行われました。赤目様がその場に行き合わせられたゆえ、怪我だけで済んだのです」

「精進め、ちと頑迷過ぎる」

と拾右衛門が吐き捨てた。

「父上、屋敷に戻られますか」

拾右衛門が疲れた様子で頷き、

「藩内で内紛なんぞを起こしている場合ではないのだがな」

と呟いた。

「昨夜も本日も、赤目どのに助けられた。赤目どのに余計な迷惑をかけ、申し訳ない」

と詫びた拾右衛門が、

「間宮林蔵じゃが、水戸入りの狙いが今一つ推測つかぬ」

と、静太郎にとも小籐次にともつかず嘆いた。

「間宮は今朝から彰考館に籠り、長久保赤水が作った『改正日本輿地路程全図』

などを克明に調べておるそうだ」

「なぜそのようなことを」

と父に問い質した静太郎が小籐次に、

「赤目様、安永八年（一七七九）に出版された『改正日本輿地路程全図』はわが国で初めての経緯線入りの日本地図にございまして、水戸学の成果の一つです。これまで、これほど精緻な日本地図はございませんでした。領内多賀郡赤浜村の出の長久保赤水どのの業績です」

と説明してくれた。

三人は肩を並べて三の丸の太田家の屋敷にゆっくりと向っていた。

すでに日が沈み、辺りは暮色に包まれていた。

「幕府ではただ今、伊能忠敬どのを中心に日本実測図というべき最新の『大日本沿海輿地全図』と『大日本沿海実測録』の完成を目指しておられるな。間宮はその参考にしたいと『輿地路程全図』の閲覧を申し出たのだ」

「それならば幕府にも献上され、水戸藩江戸屋敷にもございましょう」

「そこよ」

「伊能様の『沿海輿地全図』は最新の測量技術と知識を駆使したものと聞いてお

ります。三十数年前に長久保一人で完成させた『輿地路程全図』が参考になりましょうか」

「そこよ」

と拾右衛門が同じ返答を繰り返し、首を傾げた。

「漏れ聞くところによれば、伊能の『沿海輿地全図』の大図は縮尺三万六千分の一、二百枚を超える大部にして詳細を極めた地図じゃそうな。さらに中図、小図と併せて作られると聞いておる。それらに比べれば『輿地路程全図』など児戯に等しき地図であることは明々白々。それを間宮は熱心に調べておるという」

「父上、幕府にとって此度の伊能様の『沿海輿地全図』は秘図にございますな」

「いかにも全図が完成すれば、わが国の沿海から路程が丸裸にされるものだからな」

「一方、異国の船がわが国の領土近くの海に姿を見せるようになってもおります」

「それだけに『沿海輿地全図』の価値は貴重なものとなり、一刻も早く完成が待たれるところじゃ」

父子はしばらく黙って歩みを進めた。

「太田様、此度の間宮どのの水戸入りに関わることかどうか判然としませぬが、それがし、ちと小耳に挟んだことがございます」

父子が足を止め、小籐次を見た。

「この四月十八日、伊能忠敬どのは病にて身罷られたとか。だが、幕府では『沿海輿地全図』完成の暁まで、伊能どのの死は秘匿されるという噂にございますよ」

拾右衛門が小籐次を見て、

「赤目どの、そなた、それをどこで」

「それは申せませぬ」

水戸入りに同道してきた浩介が告げたことだった。

しばし沈思していた拾右衛門が、

「そうか、『沿海輿地全図』の紙を幕府に提供しておるのは久慈屋であったな」

と呟くように洩らした。

「父上、伊能忠敬様の急逝と此度の間宮どのの水戸入りと、関わりがございましょうか」

「あるやもしれぬ。だが、推測がつかぬ」

「間宮どのは明日も彰考館に籠って『輿地路程全図』を調べるのでしょうか」

「ただ今の刻限も熱心に調べておるそうな」

と答えた拾右衛門が、

「幕府が伊能忠敬どのの死を秘匿してまで製作を続けておる『沿海輿地全図』に関わる間宮林蔵を、水戸城下で殺させては絶対ならぬ。常陸在郷派の精進らがなにを考えての行動かは知らぬが、間宮を暗殺いたさば、水戸の立場は江戸で悪くなる。これは間違いないところだ」

「はい」

と静太郎が畏まった。

その夜、太田家から二つの影が忍び出た。

太田静太郎と赤目小籐次だ。

二人は夜半の三の丸から彰考館へとひたひたと進んだ。

「間宮どのもただ今の刻限まで彰考館に籠られるなど、ちと異常です。常陸在郷精進一派が癇を高ぶらせるはずです」

深夜、眠りに就こうという太田屋敷に、精進一派が間宮林蔵を襲撃するという情報がもたらされた。

静太郎が彰考館に駆けつけると聞いて、小籐次は同道を申し出た。

「赤目様に同行して頂ければ、これ以上心強いことはございませぬ」

静太郎は小籐次の申し出を素直に感謝した。

彰考館の裏門で二人を町奉行嬬恋彦一郎が待っていた。

常陸在郷派に襲撃された今坂辰馬らが使いに行った先、隠棲している嬬恋連蔵の嫡男が、当代の水戸藩町奉行嬬恋彦一郎だ。

「彦一郎どの、赤目小籐次様です」

と静太郎が町奉行を引き合わせた。

「おおっ、赤目様を同道なされたか。それは心強い」

小籐次は頭を下げた。

彦一郎は静太郎より五、六歳年上に見えた。

水戸藩では、町奉行は三百石から五百石以下の家格の職務だ。小姓頭筆頭の太田家は千五百石、年は若いが、家格では上ということになる。ちなみに水戸藩は、江戸幕府と同じく町奉行二人制だ。もう一人の町奉行は佐々主水だ。

「赤目様、彦一郎どのの父上連蔵様は、水戸の名奉行と謳われたお方で、隠棲なされた今も水戸の安寧と平穏に心を砕かれております」

と小籐次に説明した静太郎が、

「間宮どのは今も調べものを続けておられるのですか」

と彦一郎に訊いた。

「朝から文庫と閲覧室の往復じゃそうな」

「熱心でございますな」

「静太郎どの、その熱心さに精進一派が疑心を募らせておるのだ」

「いかにもさよう」

と答えた静太郎が、

「手下を待機させておられますか」

と訊いた。

「わが屋敷に待機はさせておる。できることなら出動させたくはない」

「常陸在郷派は参りますか」

「まず五分五分かのう」

と答えた嬬恋彦一郎が、

「夜明かしになるやもしれぬ」

と言うと彰考館に忍び入った。

それから一刻(二時間)ほど、小籐次らは彰考館の障子から洩れる光を見詰めて過ごした。間宮林蔵と思しき影はひたすら、ただ今の日本で一番正確な地図、『改正日本輿地路程全図』を筆写する様子で、間宮の影がそのことを教えていた。

八つ(午前二時)の時鐘が彰考館にも鳴り響いた。すると、一つの影が灯りの点る閲覧室の外の庭に浮かび出た。

「なんと、常陸在郷派の頭領精進唯之輔どの自らのお出ましじゃぞ」

と小籐次のかたわらの闇に潜む嬬恋彦一郎が驚きの声を洩らした。

「赤目様、精進唯之輔どのは、還暦を四、五年前に越えた老人にございましてな。陰で策謀するばかりで、まず精進屋敷から出ることはなき人物です」

と静太郎が潜み声で言った。

障子の向こうの影が、
びくり
と驚いたように体を震わせ、硬直したように固まった。

「だれか」

間宮林蔵の声は落ち着いて聞こえた。

「常陸在郷派を統率致す精進唯之輔よ」

影が応じた。

「幕府の密偵間宮林蔵、何用あって水戸に潜入いたした」

「潜入など覚えはない。幕府、藩庁の許しを得てのことだ」

「彰考館に籠る理由はいかに」

「そなたに答える謂れはござらぬ」

「間宮林蔵、長久保赤水が作成した『改正日本輿地路程全図』は江戸にても調べがつこう」

間宮は答えられないのか沈黙を守った。

「そなたらが作成しておる『大日本沿海輿地全図』が水戸へ流れておると、探索に参ったのではないか」

うっ
と押し殺した驚きの声が、林蔵の口から洩れた。

「そなた、どうして承知か」

「水戸の国侍を甘く見てはならぬ。江戸屋敷にも、われらが仲間を潜り込ませておるでな」

「伊能様の苦心なされた『沿海輿地全図』の一部を盗み出したは、そのほうらの仕業であったか」

林蔵は思い当たったという語調で訊いた。

「もし『沿海輿地全図』をわれらが所持致さばどうするな」

「幕府に知られれば、御三家水戸といえども斉脩様の蟄居は免れまい」

「それはどうかのう」

精進唯之輔の片手が上がった。それに応えて三人の刺客が、するすると精進の立つ庭に姿を見せて縁側に迫った。

三人の刺客は鉢巻をして襷をかけ、足元を武者草鞋で固めていた。落ち着いた挙動は、刺客がなかなかの腕前であることを示していた。

静太郎が小籐次を見た。

小籐次は動く素振りを見せなかった。

「赤目様」

「まあ、待ちなされ」

小籐次は静太郎を引き止め、間宮林蔵の様子を窺った。

異郷を探検した人物にして幕府密偵を噂される林蔵の正体が、

「未だ知れぬ」

と考えていたからだ。
水戸城下外れで刺客に待ち伏せをうけたとき、林蔵は恐怖に五体をがたがたと震わせて言葉も満足に発せられなかった。それが小籐次にはどうも解せなかった。
刺客の先陣二人が縁側に、
ふわり
と飛び上がった。
さらに三人目が縁側に飛び、片膝を突くと、剣を抜いた。
障子の向こうの間宮林蔵の影は金縛りに遭ったように動かない。
「赤目様」
と立ち上がろうとする静太郎を、小籐次が手で引き止めた。
「間宮林蔵の正体、とくと拝見しようか」
最初に縁側に上がった先陣二人が障子を左右に、
すいっ
と開けた。すると、三番目に縁側に飛び上がった刺客が剣を引っ下げ、座敷へと飛び込んでいった。
「あ、赤目様」

静太郎が切迫した声を洩らした。
座敷で二つの影が交わり、刃と刃が打ち合う音が数合繰り返されたかと思うと、
げえぇっ
という絶叫が響いた。障子に、
ぱあっ
と血飛沫が飛んで赤く染めた。
合体していた影が再び二つに分れ、その一つがゆらゆらと揺らめいて縁側に姿を見せた。
待機する刺客の一人が、
「の、直方氏（のおがたうじ）！」
と驚愕の声を上げた。
直方の上体がゆっくり半回転ほど捻られると、腰砕けに縁側から転がり落ちた。
「なんと」
静太郎が驚きの声を上げた。
二人の刺客が立ち上がると座敷へ飛び込もうとした。その機先を制して姿を見せた間宮林蔵の刃が、右に左に振るわれた。

腰の据わった迅速な剣捌きで、行動を起こそうとした二人の刺客は肩口と腰を割られ、縁側と庭に転がった。

一瞬にして間宮林蔵が三人の刺客を退けた。

「間宮、そのほう、猫を被っておったか」

精進の声には驚きがあった。

「なんということぞ」

その言葉を残して精進唯之輔が彰考館から姿を消した。

間宮林蔵は血刀を下げたまま、自らが斬り斃した三人の刺客が断末魔の痙攣を起こすのを冷たい視線で眺めていた。

「驚きました」

と彰考館を抜け出たとき、太田静太郎が呻くように言った。

「赤目様はいつ、間宮林蔵の正体を見破られましたな」

「幕府密偵を噂される人物が刺客に襲われた程度で、ものが言えぬほどに歯を鳴らして震えるものかと考えたのが最初であった。だが、確信はござらなんだ。正体を知ったのは、静太郎どのと同じく、つい最前のことじゃ」

三人は深夜の三の丸の屋敷町を歩いていた。

「赤目様」

と声をかけたのは町奉行の嫡恋彦一郎だ。

「赤目様は、伊能忠敬様が製作中の『大日本沿海輿地全図』の一部を、常陸在郷派の精進らが秘匿しておるとお考えですか」

「最前の精進と間宮どのの会話ではそう思える」

「水戸にとって一大事です」

町奉行は険しい顔で断言した。

「静太郎どの、お父上とまず相談致したい。一刻も早く動く必要があるでな」

「父上は寝ずに、われらの帰りを待っておられます」

「ならば急ごう」

三人は足を速めて太田屋敷に向った。

三

小籐次は七面山の藩別邸の改築で出た、煤に汚れた古竹を水で洗い、乾燥させ、布で丁寧に磨き上げた。すると、なんともいえず美しい飴(あめ)色の光沢の表皮が姿を見せた。

「なんと美しい濃淡文様でございましょう」

作業を手伝っていた浩介が感心した。

「茶杓(ちゃしゃく)など古竹を使って作ると聞いたことがあったゆえ、一度試してみようと思うたのだ。じゃが、これほど美しいとは……」

小籐次も想像していた以上の風合いに遊び心が湧いた。

「この古竹を使ってほの明かり久慈行灯を作ろうかと考えたが、その前にちと遊んでみよう」

小籐次は広い御作事場を見回した。そこには水戸藩の奉公人や領民たちが三人一組になり、実用久慈行灯やほの明かり久慈行灯の部材をせっせと作っていた。

小籐次は、数を作らねばならぬ行灯製作には、まず部材を大量に作り上げたうえで、次に組み立て作業にかかったほうが早いと判断した。そこで三人を一組にして、複数で競わせる方式をとらせた。

小籐次が指定した規格に合わせて竹、木片、紙を切り、裁断する。

この基本の過程を丁寧にやることによって、手先に素材が馴染んでくる。このことを小籐次は繰り返し指導して、ようやく作業が進行し始めたところだ。

小籐次は古竹の一本の、節と節の間を鋸(のこぎり)で切って、それを竹片に小割りにした。

「なにを考えられましたな」

浩介が興味津々(しんしん)に訊いた。

「浩介どの、それは見てのお楽しみじゃ」

と答えたところに、

「先生、うまくいきませぬ」

と受講中の一人から声がかかり、浩介が、

「私が参ります。分らぬときはご出馬をお願い申します」

とさっさと立っていった。

今や小籐次の行灯作りの助手となった感の浩介だった。

浩介は紙問屋の手代であり、久慈行灯の主役ともいえる紙の性質も熟知し、扱いも馴れたものだ。さらに浩介は、西ノ内和紙と組み合わせる竹と木片の扱いを、小籐次の手先と動きを見て覚えた。

早速竹を手にして、丸みを帯びた箇所の削り方を指導していた。

それを確かめた小籐次は自分の作業に戻った。

まず三寸五分ほどの竹片の中心点を計って決めると、印をつけた。そのような竹片を何本も削り溜めた。

江戸の新兵衛長屋で引き物の竹とんぼを作る要領で、馴れた作業だ。飴色の竹片は、削れば削るほど味わい深い光沢と濃淡の文様を描き出す。さらに竹片の片側を左右対称に薄く捻りを入れて削った。

「竹とんぼをお作りですか」

指導を終えて戻ってきた浩介が訊く。

「竹とんぼを作るのと同じ工程じゃが、でき上がりはだいぶ違うぞ」

「そう申されれば、竹とんぼにしては真ん中の穴が一つ目ですね」

「竹とんぼの穴は、回転を与えるために二つ目でなくてはならぬ。浩介どのが申されるとおり、こちらは一つ目」

と言いながら、小籐次は三組の竹の羽根を削り上げた。それは竹とんぼの羽根よりも薄く巧緻に作られていた。さらに左右の先端にいくほど、羽根の幅は広く丸みを帯びて削られていた。

小籐次はその三枚を、中心の一つ目を重ねて組み合わせた。

「竹で作った花びらでもなし、一体全体なんでございましょうな」

浩介が首を捻った。小籐次も考え込んだ。

「もう一枚足したほうがよいか」

小籐次はもう一枚同じ形の竹片を削り上げた。四枚目を先ほどのものに加えると、一つ目を中心に八枚羽根の花のようなものができた。

「これでよかろう」

小籐次は竹ひごを作り、一つ目を串刺しにすると、八枚羽根の竹とんぼのようなものができた。竹で作られた花びらに見えなくもない。

小籐次はそれを逆様にして指で回転を与えていたが、

「浩介どの、それがしが江戸から持参したほの明かり久慈行灯を持ってきてくれぬか」

「畏まりました」

と御作事場の真ん中に置かれてあった行灯を運んできた。

小籐次は曲線を描いて作られたほの明かり久慈行灯の上部の蓋を外すと、その内側の中心に細工を加え、八枚羽根の竹とんぼを下向きに取り付けた。

「また変わったものを取り付けられましたな」

御作事奉行支配下の佐野啓三、小納戸紙方の作田重兵衛らが集まってきた。

太田拾右衛門らは、朝から御作事場には姿を見せていない。

拾右衛門をはじめ水戸藩重臣らは、昨夜起こった彰考館での間宮林蔵襲撃事件を町奉行嫦恋彦一郎から報告されて驚愕した。

幕府隠密の顔を持つと目される天文方間宮林蔵は、伊能忠敬を中心に製作される『大日本沿海輿地全図』の紛失事件探索のために水戸入りしていたというのだ。

鎖国を国是とする日本の近海に異国の大船や砲艦が通商を求め、開国を迫って姿を見せていた。

最新かつ精密な沿海地図は、国土防衛に絶対必要不可欠のものだった。

十六年余にわたり伊能忠敬が伊能隊を率いて、沿海各地をはじめ日本全土一万里を走破して測量した意味もそこにあった。

現在、その測量を元に地図の製作が行われていた。

その最中、伊能忠敬の死は秘密にされたほどだ。

当然のことながら、『大日本沿海輿地全図』と『大日本沿海実測録』は幕府最高機密のはずだ。それが水戸に流れてきているという。

間宮林蔵が、紛失した『大日本沿海輿地全図』などを水戸領内で探し出せば、水戸の立場は悪くなり、咎めは免れない。

嫣恋彦一郎らは常陸在郷派の首領精進唯之輔を城に呼んで、その真相を究明しようとしていた。

そのせいで御作事場には重臣が一人も姿を見せず、黙々とした静かな作業が続けられていた。

小籐次は蓋に下向きにつけた八枚の羽根先を指で触れて回転させてみた。蓋につけられた竹ひご部分が回転する仕組みになっていたが、竹ひごと蓋の木片部がこすれてぎくしゃくと動いた。

「ちと硬いのう」

小籐次は行灯に使う菜種油を付けて、竹ひごが取り付けられた蓋の穴に差した。それで回転は滑らかになった。

八枚羽根の装着されたほの明かり久慈行灯の上蓋をそっと元へ戻した。蓋の内側には八枚羽根の花が下向きに釣り下がったことになる。

小籐次は灯心に火を点して行灯の台座に入れた。

「赤目様、なにを始められましたな」

細貝忠左衛門も興味津々に訊きにきた。

「忠左衛門どの、しばし待たれよ。浩介どの、御作事場をしばらく暗くしてくれぬか。皆の衆も一服入れたいところであろう」

「承知しました」

と浩介が立ち上がり、

「皆様、この場を暗く致します。しばしの間、作業の手を休めて休憩をなさって下さい」

と告げた。

根を詰めて作業を続けていた受講者たちがその場で伸びをしたり、小籐次の仕掛けを見物に来たりした。

ほの明かり久慈行灯に灯りが点り、八枚羽根の花が行灯の中でぼうっと咲いて浮かんだ。

「赤目様、美しゅうございますな」

忠左衛門が感嘆した。

「忠左衛門どの、その言葉はちと早かろう。行灯の中の空気が熱せられるとどうなると思われるな」

「熱い空気は上方へと向いましょう」

「ようご存じだ。気は熱せられるとなぜか上昇するそうな。そうなると、どのようなことが起こるか」

小籐次の言葉に、その場に集まる人々の目が行灯の光にいった。

流体の一部分の温度が上がると、膨張して密度が小さくなり上昇し、密度の大きい部分は下降して循環が生じる。これを対流というが、小籐次は経験でこの作用を応用しようとしていた。

「おおっ、動いたぞ」

見物する一人が叫んだ。

なんと八枚羽根が、上昇する空気の流れに緩やかに動き始めたではないか。それが曲線を帯びたほの明かり久慈行灯の紙面に、微妙な陰影の影文様を映し出したのだ。

おおおっ

静かな、確かなどよめきが起こった。

「赤目様、なんということが」

忠左衛門が行灯のかたわらににじり寄ってきて、言葉を失った。

「行灯にしては、ちと芸が大仰に過ぎましたかな」

「いえ、そのようなことは決してございませぬぞ。まるで夢幻を見るようで、おもしろうございます」

「走馬灯から考え付いたのですがな」

　忠左衛門がためつすがめつして感嘆した。

「西野内村の庄屋どの、ちと私にも見せて下され」

「それがしも仕掛けが見てみたい」

　と、その場に集う者が交代で仕掛けを見て、

「このような工夫で竹の羽根が動くものか」

「これは女子供ばかりか通人も喜びますぞ」

　とわいわいがやがや騒いだ。

　小籐次が、

「このような工夫を、これからはそなた方一人ひとりが考えられるのですぞ。そのためには竹、木、紙の扱いに習熟せねばならぬ。部材はどれほどできておるかな」

　と言うと、行灯作りに注意を戻した。

　御作事場では三人一組が九つできていた。

「ほう、だいぶできましたな」

と手近い山を見た小籐次は竹片の一つを取り上げ、

「なかなかよう形はできておるが、仕上げが粗うござるな。これでは組み立てがうまくいかず、無理に組み立てても売り物にならぬ」

と、その山の部材をざっと調べた小籐次は、

「なんとか組み立て工程に入れる部材は四つに一つあるかないか。いや、こちらの組が格別というわけではござるまい。ちらりと見たところ大同小異にござるな」

と採点した。

「厳しいのう」

水戸藩士の一人が言う。

「そなた方は、これから久慈行灯作りを指導していく立場の方々じゃ。師匠が手抜きを致さば、習う側はさらに安直に考える。江戸の客はなかなか目が肥えておるゆえ、作っても売れぬ道理じゃ。それでは、行灯作りを水戸の名物の物産にしようとお考えになられた斉脩様のお心に適いませぬ。行灯作りも水戸家への奉公、忠義と考えられて、もそっと丹念に作って下されよ」

小籐次はもう一度部材を作り直す命を下した。

二十七人が再び部材作りの習熟作業に取り掛かった。

小籐次は古竹を土台に使うほの明かり久慈大行灯の構想にかかった。

そんなふうに一日目は部材作りで終わった。

作業が終わった後、小籐次と浩介は西野内村の庄屋にして久慈屋の本家筋にあたる細貝忠左衛門に招かれて、逗留する城下の旅籠(はたご)に立ち寄った。

西野内村から角次ら三人を引率して城下に出てきていた忠左衛門が、小籐次と浩介の二人を慰労しようと旅籠に呼んでくれたのだ。

「赤目様、ご心労にございましょうな」

「なにしろ、それがし下屋敷育ちにございましてな。ただ今の裏長屋住まいが性に合っております。太田家では親切にして頂きますが、屋敷住まいは正直窮屈でござる」

と苦笑いした。すると浩介が、

「赤目様もそうですか。私などおちおち厠へも行けません。やはり町家のほうがのんびり致します」

と旅籠がなんとも嬉しそうだ。

「浩介、そう思うたでな、太田様にお断わりしてそなたらをこちらに連れてきた。今宵はこちらに泊まるように許しも得てある」

と忠左衛門が言い、

「赤目様、まず湯に浸かって下され」

と勧めた。

「ならば、忠左衛門どのも一緒にいかがじゃ。御作事場に一日おられてお疲れであろう」

「私はなにもしておりませぬでな」

「それが一番疲れる因（もと）でござろう」

「いかにもさよう」

と答えた忠左衛門と小籐次は一緒に湯殿に下りた。

湯殿は折りよく二人だけで、湯船を独占して身を浸した。

「ふうっ、これは気持ちがよいわ」

二人だけの湯ということもあったか、忠左衛門が、

「赤目様、城じゅうが緊迫に包まれて、折角（せっかく）の行灯作りは放っておかれているように感じますがな」

と不満を洩らした。

「水戸藩は厄介ごとを抱えておられるようでな」

「ほう、それはまたどうしたことで」

「それがしも仔細は分らぬが、常陸在郷派とか名乗る一派が策動しておるのであろう」

「騒ぎの因は精進唯之輔様でしたか」

「水戸では、在郷奉行とはそれほど力があるものか」

「在郷奉行とは俗称にございまして、郡奉行支配下の郡方の一人に過ぎませぬ。ですが、精進家は、家康様が第五子の武田信吉（のぶよし）様、第十子の頼宣（よりのぶ）様、第十一子の頼房様と次々に実子を水戸に送り込まれる以前から、常陸一国を領有してきた佐竹氏縁（ゆかり）の郷族、家格は下でも在では今も隠然たる力をお持ちなのでございますよ」

「水戸に頼房様が入られて二百年余が過ぎておろうに」

「赤目様、そこが天下の水戸の弱みでしてな。水戸一門と常陸在郷、定府の家臣団と水戸国侍、城下商人と在郷商人とが交わることなく時を過ごしてきたのでございますよ。精進様はこの対立をうまく利用して、下士、郷士を組織なさり、一大勢力を作り上げられたのです。その勢力侮れず、国家老の太田左門様方も常々手を焼いておられます」

と説明した忠左衛門が、湯船の湯を両手で掬って、顔を洗い、

「それにしても、常陸在郷派を名乗る精進様の横暴は今に始まったことではござ

いますまいに、なぜここにきて急に騒ぎが大きくなりましたかな」

と疑問を呈した。

「忠左衛門どの、われら、江戸からの船にて間宮林蔵どのと同道してきた。どう

やら間宮どのの水戸入りと精進一派の策謀は関わりがあるとみえる」

とだけ小籐次は答えた。

「ほう、世の中には分らぬことが多いものですな。はてさて、私どもは湯から上

がって一杯やりますか」

「それは極楽」

「いかにもさようです」

一夜、小籐次と浩介は本家の忠左衛門の慰労ですっかり元気を取り戻した。

翌日、小籐次は昨日までに仕上げた部材を使い、組み立て作業を命じた。

「よいな、急ぐ必要はない。丁寧に、まずは手先の作業に馴染むことが肝要じゃ。

いくら多く組み立てたところで不備があれば売りには出せぬ。一つひとつ丁寧に組み立てられよ」

そう命じた小籐次は、大型のほの明かり久慈行灯の製作にかかった。

その夕刻、組み上がった行灯をすべて点検した。

作業に携わった二十七人の受講者たちの目が小籐次の動きを注視した。

この日、組み上がった行灯の総計は六十三個であった。一番多く組み上げた組は十一、少ない組は五つであった。

一番少ない組の頭分が、西野内村から来た角次だった。

「はて困ったのう」

小籐次の口からこの言葉が洩れて、その場の全員が緊張した。

「六十三個の行灯のうち、売り出せるのは二十あるかないか」

小籐次は九つの組から合格の品を取り出していった。なんと十七しかなかった。

「西野内の角次どのらが組み立てた五つのうち四つは見事な細工にござる。だが、残る一つは、竹と紙の貼り具合に小さなきずがある。ここじゃ」

と差した。指摘を受けた角次が、

「おおっ、これは見逃しておりました。赤目様、すまぬことでございました」

と素直に頭を下げた。

「さて十一も組み立てた組じゃが、残念ながら、急ぎ過ぎたゆえに売りものになるものは一つもござらぬ」

水戸家の下士三人組が、

わあっ

と頭を抱えた。

小籐次は不出来の箇所を丹念に指摘して、直しの手法も見せた。目の前で直しを見せられれば、自ずと納得せざるを得ない。

「よいな、最初から急いではならぬ。手に仕事を馴染ませよ。明日からは、また一から出直しじゃぞ。作ったものすべてが売りに出されるほどに立派でなければ、そなた方は御作事場から出られぬと思え。よいな」

「畏まりました」

と一同が受けた。

そんなふうな作業が淡々と繰り返され、日一日と確実に受講者の技量は上がり、小籐次が満足する品の数が増えていった。

一方、太田拾右衛門ら重臣らの姿を見かけることはなかった。

四

小籐次が新たな木材と古竹と西ノ内和紙で創案した行灯は、だれもが考えた以上に大きなもので、仕掛けも複雑だった。

基礎となる枠が組み上がったとき、

「これが行灯にございますか」

と御作事奉行の佐野らが呆れたほどだ。

「これはほんのお遊びでな。祭りの日にでも灯りを入れて楽しんで下され」

小籐次は竹や木片を削って、花や動物のかたちをした大小の羽根を作った。なんとその数十二もあった。

大きな回転羽根は長さが七寸余、空気の流れを受けて動くように羽根は薄く薄く削られていた。対流で大きな羽根を回そうというのだ、羽根の幅と捩れに工夫が凝らしてあった。反対に、小さいものは三寸以下であった。

十二の回転羽根は季節の風物で、桜の花びらから紅葉、番（つがい）の鴛鴦（おしどり）から魚までと多彩だった。

小籐次が十二の回転羽根をほぼ完成させ、次の日には組み上がろうかという日の夕暮れ、御作事場に太田静太郎が姿を見せた。

「赤目様、お願いの筋があって参上しました。それがしと同道して頂けませぬか」

静太郎の顔は険しかった。

小籐次は即座に頷くと、御作事場を見回した。

「静太郎どの、藩内での行灯作りの指導者が立派に育ち申した。もはやそれがしが教えることもござらぬ」

静太郎が御作事場で頑張ってきた人々の様子を見、隅に積まれた行灯の完成品を見て、

「ご苦労様にございました」

と小籐次と受講の人々を労った。

小籐次は前掛けを外すと、裁っ付け袴に付着した竹片、木片の削りかすを叩き落とし、次直と菅笠を手にした。菅笠の縁には古竹で作った竹とんぼを差し込んだ。

「佐野どの、あとをお願いいたす」

と御作事奉行支配下の佐野にあとを託した小籐次は静太郎に従った。

秋の日が沈んで、辺りは急速に夜へと変わろうとしていた。

静太郎は黙々と三の丸から城下を抜けると、那珂川の流れる北側へと小籐次を案内しようとしていた。

「赤目様、間宮林蔵様が精進一派の手に落ちましてございます」

河原を見下ろす土手に出たとき、静太郎が言った。

「間宮どのは未だ水戸におられたか」

「われらは伊能版『大日本沿海輿地全図』の行方を必死で探してきましたが、間宮様もまた彰考館で調べものをする体にて、常陸在郷派の内情を探っておられた様子にございます。ともあれ、この数日、水戸藩、常陸在郷派、間宮様との間で駆け引きが繰り広げられ、その結果、常陸周辺を描いた『大日本沿海輿地全図』と『大日本沿海実測録』が常陸在郷派の手にあることがおよそ判明しました」

小籐次は闇の中で頷いた。

「重臣方は改めて精進唯之輔どのを城中に呼び出し、真偽を確かめるとともに、その二つを提出することを強く命じられました。ですが、精進どのは言を左右にして、知らぬ存ぜぬを押し通されたそうにございます。その矢先、常陸在郷派は間宮様と密かに接触したらしく、昨夜から間宮様の行方が摑めませぬ。それがどうやら、那珂川上流の対岸の中河内村、精進屋敷に連れ込まれたことが先ほど判明しました」

幕府密偵と目される間宮林蔵にもしものことがあれば、幕府が必死で製作する機密の地図が水戸に流れたことと併せて、水戸藩と藩主の斉脩が窮地に陥ることは目に見えていた。

「厄介なことになったな」

と小籐次は呟いた。

「はい」

静太郎は正直に水戸藩の苦衷を認め、

「過日の彰考館の事件が間宮様に油断を与えたようで、常陸在郷派と直に取引をなされようとして面々の術中に落ちたのです。間宮様のかどわかしには金剛流の大全寅太が加わっていたことが判明しております」

「間宮どのの生死は判明しているのでござるか」

「直ぐにわれらが中河内村の精進屋敷を囲みましたゆえ、早々に間宮様を始末することはございますまい。ですが、対立が長引けばそのようなことも起こり得ようと、町奉行の嫣恋彦一郎様方は案じておられます」

二人は土手道をひたすら上流へと歩いていた。すでに水戸城は二人の背後になった。

遠く河原で灯りが見えた。

「水戸藩では常陸在郷派の横暴をどう始末なさる気か」

「此度の騒ぎ、定府の重臣方からも早々に始末をつけよとの命を繰り返し受け、父らは定府派と国侍派の間に挟まれ、この数日調停に奔走して、疲労困憊(こんぱい)しております」

「お気の毒なことよ」

「ともあれ、昼行灯の異名の大叔父もようよう肚を決められたそうです」

「ご家老は常陸在郷派を処分致されるということか」

「そうなれば水戸藩内は二分されて、血で血を洗う戦になります。大叔父は頭分の精進唯之輔一人を始末致さば、あとは烏合(うごう)の衆と考えておられます」

「そう簡単に、ことが鎮まるであろうか」

小籐次は疑いの言葉を吐いた。

「赤目様、河原へ下ります。足元にご注意下さい」

と言った静太郎は、火が焚かれる流れの縁へと土手道を下っていった。そこには五、六人の若侍らが緊張の様子で集い、岸辺には川船一艘が待機していた。

「ご苦労にございます」

と中の一人が静太郎にとも小籐次にともつかず労い、静太郎が、

「向こう岸へ参る」

と短く答えた。

急ぎ川船が流れに押し出され、小籐次と静太郎が乗り込み、船頭役の二人の若侍が竿と櫓を握って流れに乗せた。

「中河内村の精進屋敷を、御番衆を中心にした藩の手勢百数十人が囲んでおります」

「相手方の数は」

「こちらとほぼ同じ人数、百数十人は立て籠っている様子です」

水戸藩の実戦部隊御番衆と常陸在郷派百数十人がぶつかりあえば戦になる。水戸藩としてはなんとしても避けたい状況だろう。

「静太郎どの、それがしへのお呼び出しとはなんだな」

「はて、それが」

と答を言い淀(よど)んだ静太郎は、

「ご家老直々の命と聞いております」

とだけ返答した。

「中河内村には、ご家老も出馬しておられるか」

「はい」

定府が習わしの水戸藩では、国家老は最高権力者だ。

それほど水戸藩はこの騒ぎを重大視し、なんとしても沈静化したいと願っているのであろう。

船は流れを斜めに下るように那珂川を突っ切り、対岸に到着しようとした。

「赤目様、あれが精進屋敷にございます」

と静太郎が指差した。

赤々と松明(たいまつ)が焚(た)かれ、天を焦がしていた。

屋敷の周りを高塀と堀が囲んでいるようで、那珂川に面する一角からは屋敷に通じる水路も設けられていた。

小籐次らを乗せた川船の舳先が川底にあたり、二人は河原に飛び下りた。

「おおっ、参られたか」

河原で迎えたのは小姓頭太田拾右衛門と前之寄合久坂華栄の重臣二人だ。

二人して物々しくも陣笠を被り、戦仕度をしていた。その全身から疲労と憔悴の色が漂い、数日来の緊張が窺えた。

「赤目どの、およその様子は聞かれたか」

「静太郎どのから聞き申した」

「ご家老がそなたに会いたいと仰せじゃ。家臣でもなき赤目どのには心苦しい頼みなれど、ご家老にお目通り願えぬか」

「どこにおられますな」

「精進屋敷の正面にわが本陣がござるが、そこに詰めておられる」

小籐次は頷いた。

案内役を、父に代わって静太郎が買って出た。

二人は河原から土手を上がった。すると、精進屋敷の表門から数十間離れた正面に竹矢来（たけやらい）が組まれ、水戸藩の本軍が常陸在郷派と対峙（たいじ）して睨み合っていた。御番衆、町奉行らと配下が詰めているのであろう。人影が見えた。さらにその内側に、幔幕（まんまく）が張られた幕営があった。

「だれか」

土手を下ろうとすると、鉄砲と槍を構えた御番衆に止められた。

「太田静太郎である。ご家老の命により赤目様をご案内して参った」

龕灯が二人に向けられ、

「おおっ、静太郎どのか」

と言葉が戻ってきた。

「阿部様、いかがでございますな」

「精進屋敷にも鉄砲の用意があるとみえ、先ほどまでこれ見よがしに、塀の上から銃口をこちらに向けて威嚇射撃をしおったわ。だが、鉄砲の数ではこちらが断然上だ」

と、阿部と呼ばれた御番衆が胸を張った。

「通ります」

二人は幔幕に向った。幔幕の中では太田左門が作戦を練っているのか、頭を傾けた影が動かなかった。

「ご家老、赤目小籐次様をお連れしました」

「静太郎か、ご苦労。赤目どのを幕内に、そなたは外で控えておれ。だれも近付けるでないぞ」

「はっ」

小籐次だけが幔幕に入った。

陣羽織の太田左門は床机に座り、絵地図を広げていた。

「お呼びにより赤目小籐次参上致しました」

「御鑓拝借のそなたの腕を借り受けたい」

昼行灯と称される太田左門はずばりと言った。

「それがしに、なにをせよと仰せられるので」

左門は閉じた軍扇の先を絵図面の一角に落とした。そこは水戸藩の本営と対面する常陸在郷派の拠点、精進屋敷の正面だった。


小籐次が太田左門との会談を終えて幔幕を出たのは、一刻後のことだった。待ち受ける静太郎に、

「ちと喉が渇き申した。酒はござろうか」

と言った。

「こちらへ」

静太郎が案内したのは、水戸藩の本営と精進屋敷からおよそ一町下流に行った

常信寺の境内だった。寺の庫裏は水戸藩の兵糧方の炊屋と化していた。その板の間に拾右衛門や華栄ら重臣が待機していた。

「会見は終わりましたか」

「終わり申した」

その言葉を聞いて、家老側近と思しい重臣数人が幕営に走った。庫裏に残った重臣は拾右衛門と華栄の二人だけだ。

「父上、赤目様が酒を所望です」

うーむ
と答えた拾右衛門が、

「炊方、酒樽を持て。器は大きければ大きいほどよい」

と命じた。

直ぐに酒樽が運ばれてきた。だが、適当な大杯が見付からなかった。そこで常信寺の坊主にも尋ねたが、生憎大杯の用意などなかった。

「御坊、擂鉢をお貸し下さらぬか」

小籐次が願った。

「擂鉢なれば、いかようにも大きなものがございます」

大擂鉢が運ばれ、

「これに酒をお注ぎするので」

と炊方が太田拾右衛門に念を押した。

「たっぷりと注げ」

大きな柄杓で擂鉢が満たされた。

「太田様、四升はたっぷり入りましたぞ」

炊方が、どうするのかという顔付きで窺った。

「二人がかりで抱え上げ、赤目どのの口元に運べ。一滴も零すでないぞ」

「はっ」

炊方の二人が擂鉢をそっと持ち上げ、小籐次の前に運んだ。

小籐次が擂鉢の底に両手をかけ、

「ご両者、手をお離し下され」

と言った。

炊方がそっと擂鉢から手を離す。

「頂戴致す」

小籐次は口を擂鉢の縁に寄せた。すると鼻腔(びくう)を酒精の香が擽(くすぐ)った。唇を付けると同時に擂鉢が傾けられ、酒が一気に口に流れ込み、喉が鳴って、四升の酒が瞬く間に小籐次の胃の腑に収まった。

「な、なんと」

まだそのかたわらにいた炊方二人が呆然として、空になった擂鉢を見た。

「もう一杯所望したい」

小籐次は、二杯目はゆっくりと味わって飲んだ。さらに三杯目、時の流れにほろ酔いの体を委ね、
ゆらりゆらり
と揺れながら飲んだ。

ほぼ三杯目が空になる頃、常信寺に銃声が伝わってきた。

「常陸在郷派の攻撃か」

と拾右衛門が腰を浮かしかけた。

「太田様、慌てめさるな。水戸藩御番衆が精進屋敷に撃ちかけておる銃声にござる」

ほろ酔いの小籐次が答えた。

小籐次の言を聞いて、寺の庫裏から藩兵が何人か飛び出していった。

「赤目どの、ご家老はなにを考えておられる。間宮林蔵どのが相手方の捕囚になっておるのですぞ」

「古狸を誘き出そうと考えられたのでござるよ。水戸の昼行灯、なかなか喰えぬ人物かな」

小籐次はそう言うと、

ゆらり

と立ち上がり、静太郎に、

「供を願おうか」

と言った。

緊張した一夜が明けようとしていた。

那珂川は深い霧に包まれ、先ほどまで激しく撃ち合っていた銃声は一旦途絶えていた。

夜明けとともに訪れた静寂は両軍激突の予感を孕んで、那珂川の左岸一帯は緊迫に包まれていた。

再び銃声が響いた。

水戸藩の御番衆が発射する銃声は、これまでにも増して激しかった。だが、応戦する常陸在郷派の応射は散発的だった。

そんな最中、精進屋敷から三艘の川船が霧に紛れるように流れに現れた。

一艘の船には常陸在郷派の頭領精進唯之輔が、そのかたわらには縄で後ろ手に縛められた間宮林蔵の悄然とした姿があった。

その船を囲む二艘には大全寅太ら精進派七人衆の遣い手が槍を携えて乗船し、警護していた。

霧に包まれ、下流に下ろうとする三艘には気付かないのか、水戸藩の動きは未だ精進屋敷に集中していた。

風が吹き、霧が流れた。

視界が開けた。

三艘の船の行く手に孤船が待ち受けていた。

一人船頭の船の胴中に、菅笠を被った小柄な老武者が座していた。

「赤目小籐次か」

上流から下流に向う三艘の船の中から大全寅太の声が響いた。

「いかにも」

と答えた小籐次の手が菅笠の縁に上げられ、竹とんぼが抜かれた。

「邪魔立て致すな。幕府密偵を突き殺して那珂川に流すぞ!」

船中で立ち上がった精進唯之輔が太刀を抜くと、まるで据物(すえもの)斬りでもするように大きく振りかぶった。

その間にも三艘の船と小籐次の船の間合いが縮まり、

「どけ! どかぬか」

という怒号が精進の口から発せられた。

小籐次の指が捻られ、竹とんぼが水面を流れる霧に隠れて飛んだ。

ぶうぅーん
唸り声が響いて、突然霧を割り、竹とんぼが姿を見せたかと思うと、太刀を振り上げた精進唯之輔の手首を襲った。

古竹を鋭く削り上げた竹とんぼの回転する、

「刃」

が精進の手首の腱(けん)を、
ぱあっ
と斬り裂き、

あっ
と悲鳴を上げた精進は、思わず太刀を流れに落とした。

「囲め！」

「突き殺せ！」

二艘の警護船から槍が突き出された。

だが、そのときには小籐次も竿を摑み、繰り出していた。

来島水軍流の、

「竿突き」

が、目にも留まらぬ速さで突き出され、槍を持つ常陸在郷派七人衆を二人三人
と流れに落とした。

小籐次の動きはそれでは止まらなかった。

接近してきた精進唯之輔の船に飛び移ると、間宮と精進の間に矮軀を入れた。

「ござんなれ！」

片手で脇差を抜いた精進は、船中に膝を突いた小籐次の肩口に叩きつけようと
した。だが、立ち上がりざま、一瞬早く小籐次が抜き放った次直の廻し斬りが精
進の胴を襲った。

げえっ！

精進唯之輔が絶叫して流れに転落した。

次の瞬間、大全が流れを跳んで小籐次の船へ移ろうとした。

小籐次が、広げて立つ足を利用して船を大きく揺らした。そのせいで大全は目標を狂わせ、船の縁に片足をかけて一瞬竦んだ。

足元が不安定で攻撃に移ろうにも移れない。

「愚か者めが」

小籐次の次直が、縁に一本足の恰好で止まった大全寅太の喉首を見定めて、悠然と斬り割った。

ゆらり
船が大きく揺れた。

次の瞬間、派手な血飛沫を振り撒いて寅太の巨体が声もなく、
ざぶん！

と流れに落ちた。

血刀を下げた小籐次が船頭を見た。

わあうっ！

恐怖の悲鳴を発した船頭は自ら流れに飛び込んだ。

船戦の模様を土手から遠望する太田左門が、

「赤目小籐次、恐るべし」

と呟いた。

小籐次は血刀の切っ先を間宮林蔵に向けた。

凝然とする林蔵に、

「お探しの『大日本沿海輿地全図』とやらは見付かりましたかな」

と尋ねながら、縄目に切っ先を突っ込み、切った。

ぷつり
と音がして林蔵の縛めが切り解かれた。

ふうっ
と大きく息を吐いた林蔵が、

「ほれ、そなたの足元の油紙の中が、伊能先生のご苦心なされた地図よ」

と顎で指した。

「間宮どの、そなたの命を救うた礼が欲しい」

と小籐次が言いかけた。

第五章　子連れの刺客

一

赤目小籐次と久慈屋の手代浩介が、秋景色真っ只中の水戸街道を急ぎ、千住宿へ入ったのは日が落ちてからだった。

江戸小梅村の水戸家下屋敷の御船場を出て戻るまで、一月近い長旅であった。

小籐次には馴染みの旅籠兼飛脚宿の中屋六右衛門方の前を素通りし、千住大橋へと急いだ。だが、千住に到着したとき、旅籠などは大戸を下ろす刻限だった。

久慈屋までは、千住宿から二里（八キロ）先の日本橋を渡り、さらに東海道を下って芝口橋際、江戸府内をほぼ突っ切らねばならない。

二人はなんとしてもその日の内に芝に戻りたいと考えていた。千住まで無理をして歩いてきたのは、千住大橋際から舟を雇い荒川を下って大川河口を目指そうとしていたからだ。

「赤目様、何年も江戸を留守にしていたような気が致します」

「いろいろとあったからな」

江戸を目の前にした小籐次の脳裏に、水戸騒乱の後始末の大騒ぎが浮かんだ。

那珂川に浮かぶ川船で、小籐次は幕府の天文方にして密偵と目される間宮林蔵と二人だけになった。

二人の間には伊能忠敬の死さえ極秘に付されて製作を急がれる『大日本沿海輿地全図』と『大日本沿海実測録』の常陸国図があった。

なぜ、最高機密が常陸在郷派の精進唯之輔一派の手にあったのか。

もはや小籐次の興味を引くところではなかった。

だが、二人の間にある二つの地図が、これからの水戸藩と徳川斉脩の命運を決めることは確かであった。

「赤目氏、礼が欲しいとはどういうことか」

林蔵がぼそりと訊いた。

「この二つの地図を探し当てた経緯、そなたの主どのにどう復命致すな」

間宮林蔵は手首の縄目の痕をもう一方の手でしきりに撫でているだけで、口は開かない。

その視線がふいに、川船の底に転がる林蔵の刀にいった。

「そなた、猫を被った虎か狼、なかなかの剣の遣い手じゃな」

林蔵が、

じろり

と暗い双眸を小籐次に向けた。

「見たのか」

「彰考館を襲うた精進派の刺客三人をあっさりと斬り伏せた腕前、とくと拝見した」

「酔いどれ小籐次であったか。だれぞに見られておるとは感じていたがのう」

と林蔵が呟いた。

船頭を失った川船は、流れに乗ってふらふらと下流へ下っていた。もうしばらく行くと水戸城下に差しかかる。

「間宮林蔵、いくら逆立ちしたところで、御鑓拝借の赤目小籐次には敵わぬ。船中で刃を交えれば、それがしの骸が那珂川に浮くことになる」

「流れの先は鹿島灘……」

「林蔵谷まったり」

の言葉を洩らした密偵が、

「赤目氏、この二つのものはそれがしが頂戴してよいか」

「構わぬ」

「江戸に戻り、水戸家とは関わりなき人物から回収したと報告せよと申すか」

「天文方は幕府の英知俊英が集まるところと聞いた。間宮林蔵の頭をもってすれば、作り事の一つやふたつ造作もないことであろう」

ふふふっ

と薄ら笑いをした林蔵が、

「この船中でそなたにそう約定し、この二つを懐に江戸に戻り、約定を反故にして真実を申し述べたとせよ。つまり赤目小籐次を裏切ってな」

「申したはずだ。間宮林蔵は英知の人とな。江戸で、それがしと雌雄を決する愚を選ぶとも思えぬ」

「……」

「幕府にとっても、天下の副将軍を任じてきた水戸を離反させるような真似は、決して得策とはいえまい。それが分らぬ間宮どのではあるまいが」

「酔いどれ小籐次に買い被られたか」

林蔵は油紙に包まれた『大日本沿海輿地全図』に暗い目を落として、長いこと考えた。

船は水戸城下の横を過ぎてさらに下流へと流れていく。

「赤目小籐次をこの場で騙し果せたところで、水戸の仇を江戸で討たれるは間違いなきところじゃな。また御三家水戸徳川を苦衷に陥らせる報告は、百害あって一利なし。すべて酔いどれどのは見抜いておられる」

「いかにもさよう」

間宮林蔵は船中に転がる自らの剣を手にすると、鯉口を切り、
ぱちり
と音を立てて戻すと、

「そなたとの約定なった」

と明言した。

鯉口を鳴らしたは、一人で金打したつもりか。

「承知した」

小籐次も次直の鯉口を切り、鞘に戻して林蔵の金打に応じた。

約定を違えぬ印に、武士ならば刃と刃、または鍔と鍔を打ち合わせるが、それを金打という。至上の約定の仕方だ。

水戸は間宮林蔵の決断で危難を乗り越えたことになる。

だが、水戸に火種は残っていた。

この騒ぎから六年後の文政七年（一八二四）、水戸藩は大事件に巻き込まれる。

水戸領内大津浜に英吉利の捕鯨船が近付き、十二人の乗組員が上陸したのだ。

近年、日本近海に異国船が頻々と姿を見せていたが、異国人が上陸したのは初めてのこと、「大津浜事件」は日本中に衝撃を与えた。

嘉永六年（一八五三）、ペリー提督初来航より二十九年前の事件だ。

その後、水戸家では鎖国体制のみならず幕藩体制の崩壊を予感して、家中が尊皇攘夷の考えに傾斜し、水戸を脱藩して浪士十七人も加わった一団が大老井伊直弼の行列を襲う騒ぎを引き起こす。

安政七年（一八六〇）三月三日のことだ。

「大津浜事件」を前に、伊能忠敬の『大日本沿海輿地全図』の紛失と水戸領内での発見は、騒乱前夜の秘事として隠蔽されることになる。

「間宮どの、どちらにお送り致せばよいか」

小籐次が櫓を握り、川船の舳先を立てた。

「水戸の追っ手はかからぬな」

「互いに金打したはず」

「那珂湊へ送ってくれ」

「承知」


その夜遅く、赤目小籐次は一人御作事場に姿を見せた。すでに行灯作りを修業している二十七人の受講者たちの姿はない。だが、御作事奉行支配下の佐野啓三ら数人が残っていた。

「赤目先生」

「ちとやり残したことがあるでな」

小籐次は一人で作っていた、ほの明かり久慈仕掛け大行灯の組み立てに取り掛かった。

佐野は小籐次の好きにさせ、小籐次が戻ってきたことを城中に報告した。

水戸城下では長年力を得てきた常陸在郷派精進唯之輔一統に藩の手が入り、頭領の精進やその七人衆が討たれ、組織は壊滅したという風聞が飛び交い、騒然としていた。

精進派を一人で倒した人物は赤目小籐次という噂も流れていた。

その噂の主が忽然と戻ってきたのだ。

佐野は半刻（一時間）後、国家老太田左門を伴い、戻ってきた。

太田左門は、御作事場で行灯の組み立てに没頭する小籐次を睨み据えると、

「そのほうら、御作事場から出よ」

と佐野らに退出を命じた。

広い御作事場に小籐次と太田左門の二人だけになった。

国家老は小籐次のかたわらに歩み寄り、幅五尺奥行き一尺五寸高さ四尺余の奇妙なかたちをした大行灯の組み立てに没頭する老武者を見下ろした。

小籐次は太田左門の来訪を知ってか知らずか、振り向こうともしない。

「間宮林蔵を討ち果たしたか」

沈黙に耐えきれぬように太田左門が問うた。

「幕府密偵を討ち果たして、なんの得がございますな」

「逃がしたというか」

「伊能忠敬が作る『大日本沿海輿地全図』はどうした」

「間宮どのに託しました」

「いかにも」

「シャアー」

太田左門が奇怪な叫び声を小さく洩らした。

「密偵を土産付きで江戸に帰せば、水戸は断絶に追い込まれる」

「いえ、救われます」

「なぜ、そう言いきれる」

「赤目小籐次と間宮林蔵が金打して約定したこと」

「そのようなことが信用なるか」

「ご家老、間宮どのもそれがしも、忠誠を尽すべき主とてなき人間でござる。われらの約定を信用なされ」

「間宮林蔵は幕府天文方である」

「間宮どのの関心は探検と地理、学問にございます。幕府天文方に与するは、そこに偶々伊能忠敬様という逸材がおられたからにございましょう」

「そう言いきれるか」

「ご家老は、伊能忠敬様がさる四月十八日に身罷られたことをご存じか」

「いや、知らぬ」

太田左門が首を激しく振った。

「伊能様の死を内密にしてまでも幕府が『大日本沿海輿地全図』の製作を急がれる理由は一つ、異国の船がわが国を虎視眈々と窺うているからにございましょう。十六年余にわたる日本諸国踏破の艱難辛苦と、ただ今極秘に続けられる地図製作、その一部を精進唯之輔らは江戸から持ち出したのです。二つの地図を江戸に戻す、いや、日本全図常陸沿海部分の紛失などなかったことにすることが、此度の騒ぎを決着に導くただ一つの賢き方策と、それがしも間宮林蔵どのも考え申した」

昼行灯の異名を持つ水戸藩国家老太田左門が沈思した。

長い熟慮だった。

「此度の騒ぎの真相が江戸に伝われば、水戸の存続は危うい。それがしの皺腹を掻き切ってすむことではない」

「さような事態に陥ったときには、酔いどれ小籐次が太田左門様の介錯を務め、そなた様の死出の旅にお供致します」

太田左門と会話を続けながらも、小籐次は大きな行灯の組み立ての手を休めなかった。

「ご家老、江戸のことは忘られよ。今は水戸領内の後始末を見事に果たされることが肝要かと存じます」

「そなた、奇怪な男よのう」

「奇怪とお褒め頂いたついでに、新奇の行灯の灯り入れを手伝うては頂けませぬか」

小籐次は御三家水戸の国家老に行灯作りを手伝えと求めた。

「なにを致せばよい」

「油に汚れてもなりませぬ。その絹物の羽織をお脱ぎなされ」

小籐次は左門に手伝わせて十二の灯りの油壺に菜種油を注ぎ、灯心を立てていった。そうしておいて、御作事場を照らしていた行灯を次々に吹き消し、最後のひとつを吹き消す前に一本のこよりに火を移した。

御作事場はちいさな灯りが点るだけになった。

異変を感じた御作事場の外では、佐野らが中に入るかどうか迷っていた。

小籐次はこよりの火を十二の灯心に移していった。

一つ二つと灯りが増えるたびに、光の造形が改めて浮かんできた。

十二の灯心に灯りが点り、十二の大小の行灯は一つの大きな楕円の光の玉を作り出していた。

「なんとも大きな行灯よのう」

十二の灯心が熱を発し、熱せられた一部の空気が西ノ内和紙を張られた行灯の中で上昇を始めた。すると、春夏秋冬の植物や動物の影絵を紙に映して、音もなく回転を始めていた。

「あ、赤目小籐次、な、なんということか！」

太田左門の感動の叫びに、御作事場の外で待つ者たちが堪えきれず、
どおっ
と入ってきた。

大行灯を見ただれもが言葉を失い、光と影が織り成す饗宴に惹き込まれて立ち竦んだ。

大小の回転羽根の動きはどれもが微妙に異なっていた。それが西ノ内和紙に大きく小さく移り動く光景は、玄妙にして神秘だった。

「赤目どの、そなたはなんという御仁か」

小姓頭の太田拾右衛門が叫んでいた。そのかたわらには静太郎もいた。

「赤目小籐次、剣の達人にして風流人よのう。のう拾右衛門、この行灯、江戸の斉脩様にお見せしたいものじゃ」

「ご家老、早速手配致します」

二人の会話を聞いていた小籐次は、静太郎を手招きして布に包まれた小さなものを、

「鞠どのにお渡ししてくれぬか。小籐次の置き土産にござる」

と差し出した。それを受け取った静太郎が、

「赤目様、水戸を発たれますので」

「行灯作りの基礎は二十七人の弟子たちに教え込んだ。これからはその者たちが領内を歩き、指導していく番よ」

「水戸が寂しゅうなります」

「ご一同にまた会う日もあろう」

と小籐次は立ち上がった。

千住大橋の袂(たもと)では、放生(ほうじょう)の鰻(うなぎ)や泥鰌(どじょう)を木桶に入れて客を待つ男がいた。

「それがしももらおう」

小籐次は一朱を渡した。すると、男が鰻一匹と泥鰌を竹笊に入れて、

「浪人さん、功徳を積みなさったねえ」

と差し出した。

放生とは陰暦八月十五日、捕らえた生き物を放って万物の生命を尊重する殺生戒に基づく慣わしだ。

小籐次は千住大橋の欄干から鰻と泥鰌を放って、日頃、血腥い闘争に生きる己を戒め、斃した相手の冥福を祈った。

「赤目様、河口まで下ってくれる猪牙がおりましたよ」

と船着場から浩介が呼んだ。

「それは重畳」

小籐次は背の風呂敷包みをひと揺すりすると、船着場への石段を下った。若い船頭が、

「引き潮だ。一気に下りますぜ」

と小籐次を迎えた。

「此度の旅は船で始まり、猪牙で締め括ることになったな」

「それもなにかの縁にございましょう」

二人は背の荷を下ろし、猪牙舟の真ん中に向い合うように腰を下ろした。

猪牙が流れに乗り、船頭が櫓を添えるように漕ぐと、船足が速まった。

「赤目様、間宮様は江戸に無事お戻りでございましょうね」

「間違いなく江戸に帰着され、天文方の仕事に戻っておられよう」

「役目は果たされたのでございますね」

浩介は、水戸藩の内紛が絡む騒ぎはほとんど知らずに過ごしてきた。

「無事に果たされたと思えるな」

「水戸様にもご迷惑はかかりませんよね」

「まずあるまい」

「それはようございました」

荒川の流れが大きく蛇行しつつ、東から南に向うと、見慣れた江戸の町並みが暮色の空の下に見えてきた。

「赤目様、ほの明かり久慈行灯が売り出されるのはいつごろになりましょうか」

「そうよのう。江戸ではほの明かり久慈行灯の名を売らねば物も売れまい。水戸様でなにか思案があるとよいのだがな」

猪牙舟は橋場の渡しを突っ切り、白鬚(しらひげ)の渡しに向おうとしていた。

「赤目様が創案なされた久慈行灯は、通人もさることながら、鞠姫様のような女性が好まれます」

浩介は、水戸出立の朝、太田静太郎とともに久坂華栄の息女鞠が見送りに来たときのことを言い出した。

「……私は、太田家に嫁ぐ日には必ず赤目様がお作りになった行灯を持参致します。あのように愛らしい花が影絵になって回る行灯は見たことがございません」

と鞠は、小籐次が大行灯の製作の合間に作った小行灯を絶賛して、素直に大喜びしたのだ。そして、

「静太郎様からお聞きしました。赤目様は若い娘御に水戸土産を約定されましたそうな。もうお求めになりましたか」

「おおっ、忘れておったわ」

小籐次は、うづに約束したことを静太郎に洩らしながら、その後、すっかり忘れていた。

「城下の錺職人が細工した花籠文様の挿し櫛(ぐし)を二つほど用意致しました。お持ち下さいませ」

「鞠どの、そのような高価なものがもらえようか」

「京の職人が造るような、値が張るものではございません。私の気持ちです」

「さようか。ならば有難く頂戴致す」

と小籐次が白髪頭を鞠に下げて、受け取った。

「赤目様、鞠様に差し上げられた小ぶりの行灯、ほの明かり有明行灯などと名付けて売り出すと、意外とあたるかもしれませんね」

「ほの明かり有明行灯か、なかなか考えたな。ともあれ、売り出すにはなんぞ仕掛けがいるな」

浩介はしばらく黙って下流へ下る猪牙舟に身を委ねていたが、
ぽーん
と膝を打った。

「ございました」

「なんだな、浩介どの」

「あそこでございますよ」

と浩介が指差した先には山谷堀が口を開け、その先には不夜城御免色里の吉原があった。

「江戸の小間物屋も呉服屋も新しい品を売り出すとき、遊女衆の好みかどうか、それをまず気にかけると聞きました。久慈行灯も吉原で流行らせれば、たちまち江戸じゅうに広まります」

「ほう、そんなものか」

「赤目様はご縁がございませんか」

「花の吉原にはとんと縁がないのう」

「水戸家にはお留守居役方など通人粋人がおられます。まず、その方々が吉原に仕掛けられると面白うございますよ」

「ならば、水戸家のお手並みを拝見しようかのう」

と、この先は他人事だとばかりに、小籐次は答えていた。

二

一月余り江戸を不在にしていた小籐次は、水戸から戻った翌朝には久慈屋の店先に研ぎ場を開いて、久慈屋と京屋喜平の道具をせっせと研いだ。

帳場格子から大番頭の観右衛門が出てきて、水戸での話を聞かせろと態度で迫ったりした。

「水戸領内を行灯作りの指導に歩く二十七人が無事巣立ちました。これから先は、角次どのらの働き次第にございましょう」

「赤目様が足を運ばれたのです。それは当然のことです」

と応じた観右衛門が、

「古竹を使って新しい大行灯を作られたそうですな。浩介が驚いておりましたよ」

「ちと思い付いたでな。遊んでみた」

「聞けば大行灯、いろいろと工夫が凝らしてあるそうな。江戸の水戸藩邸に運ばれ、斉脩様に献上されると聞いておりますが、私も見たいものです」

領いた小籐次は、千住からの猪牙舟の中で浩介が言い出した一事を相談した。

「なにっ、ほの明かり有明行灯と名付け、吉原で流行らせろと浩介が申しましたか。浩介、ようもそこに気が付きましたな。確かに女衆の流行りものは、まず吉原の女郎衆に人気が出て、その後、町じゅうに広まりますでな。これは水戸家の重臣方と即刻相談して、早く手を打ったほうがようございますよ」

と張り切った。

「旦那様も赤目様の土産話を聞きたいと仰っておられます。夕餉は奥で願いますよ。酒もたっぷりと用意してございます」

観右衛門は小籐次に約束を取り付けて、ようやく帳場格子に戻っていった。

小籐次は昼餉の時間も惜しんで夕方まで研ぎ仕事に専念した。そのせいで、久慈屋と京屋喜平の職人が当座使う分くらいの手入れができた。

店仕舞いをした小籐次は井戸端で手足を洗い、奥に通った。

奥座敷では旦那の昌右衛門が、

「赤目様、水戸の長逗留、ご苦労にございましたな」

と労ったところへ娘のおやえが姿を見せた。

「赤目様、お久しぶりにございます」

「おやえどの、しばらく見ぬうちに綺麗になられたな」

「あら、赤目様ったら、そのような世辞まで水戸で覚えられましたか」

「なんの、世辞なものか」

小籐次は懐から紙包みを出しておやえに差し出した。

「水戸土産にござる」

「お口ばかりと思ったら、このようなことまでなさるのですか」

とおやえが驚きの顔をした。

「おやえどの、仔細を申せばな、日頃深川で世話になっておる野菜売りのうづどのになんぞ水戸土産を買って帰る約定をしたことを、太田静太郎どのに話したのじゃ。すると、静太郎どのは許婚の鞠どのに相談された。鞠どのにはこの小籐次が小ぶりの有明仕掛け行灯を作って差し上げたこともあって、鞠どのは考え抜かれてかような水戸土産を用意なされたのじゃ」

「ならその娘さんにお渡し下さい、赤目様」

「鞠どのは気を利かせて二つ用意されておった。一つはうづどのにとってござる」

「赤目様、うづさんが頂戴する前にもらってよいのですか」

と言いながらも受け取ったおやえが、

「お父つぁん、ここで拝見させて頂いてよいかしら」

「赤目様はなにかご存じで」

「水戸城下の職人が作った挿し櫛と聞いたが、見てはおりませぬ」

「おやえ、私どもも一緒に賞玩（しょうがん）させて頂きましょうかな」

昌右衛門の言葉におやえが包みを開くと、さらに柔らかな布に包まれていた。

その布をそっと開くと、四季の花々を艶やかに意匠した、

「春夏秋冬花籠文様挿し櫛」

が姿を見せた。

「なんとまあ、華やかな文様でございましょう」

「さすがは御三家水戸のご城下ですな。このように艶やかで精緻な細工を行う職人がおるとは存じませんでした」

と娘と父が感嘆した。

「赤目様、おやえには勿体のうございます」

「おやえどの御髪に飾られると一段と引き立とう」

「有難うございます、おっ母さんに見せて参ります」

とおやえが全身に喜びを溢れさせて座敷から消えた。

「赤目様には多忙な身で、ようもこのようなことまで気を遣うて頂きました。私からもお礼を申します」

と昌右衛門が礼を言うところに、帳簿を持って大番頭の観右衛門が姿を見せた。

「大番頭さん、赤目様はどうやら水戸で大騒ぎに巻き込まれなさったようだ。行

灯作りを指導する合間に、おやえにまで土産を用意して帰ってこられた。水戸家では、赤目様の処遇をちゃんと考えておられるのですかな」

「私もそのことが気になっておりました。大名家というものは相手に気を遣わせるばかりで、自分はなにも考えておられませんからな」

「まして水戸は御三家の一つですぞ。あちらから気を利かせるということがあろうか」

と昌右衛門と観右衛門が言い合い、観右衛門が、

「赤目様、差し出がましいこととは分っておりますが、行灯の製作指導料はいくら出ましたな」

と小籐次に訊いた。

「それがし、そのようなものは当てにしてはおらぬ。ご斟酌(しんしゃく)には及ばぬ」

「呆れた」

「これだからお武家様相手の商いは難しい。正直者が損を致します」

「大番頭さん、太田様も早晩江戸に戻ってこられよう。しっかりと掛け合いなされ」

「承りました」

と紙問屋の大番頭が胸を叩いた。

「あいや、しばらく。それがしが習い覚えた竹細工の技は、小名とは申せ、大名家の下屋敷で教え込まれたもの。それを他家に伝えただけのことにござる」

「いえ、赤目様、そうではございませんぞ。なんでも職人技を身につけるまでには、十年十五年と長年の修業に耐えねばなりません。ただで教え込まれたわけではございません。大工の棟梁左甚五郎（ひだりじんごろう）の技ではありませんが、赤目様の行灯は、ひとついくらで売り買いできる細工物です。その技を伝えたのです。水戸様ではしかるべき処遇があってもよいのではありませんか。まあ、この観右衛門にお任せ下され」

と観右衛門が張り切った。

「大番頭さん、赤目様が水戸のためにお働きになったのは、行灯作りの指導だけではございませんぞ。昼間、本家の忠左衛門様から早飛脚をもらいましたが、それにいろいろと……」

「認（したた）めてございましたか」

と観右衛門が身を乗り出した。

「旦那様、私も昨夜、浩介に水戸でなんぞなかったかと問い質しましたが、私は行灯作りのお手伝いをしていただけですと、首を左右に振って洩らしません。赤目小籐次様が向われるところ風雲急を告げるのはいつものこと、なんぞあったはずと睨んでおるのですがな」

「行きの御用船に、幕府天文方の間宮林蔵様が乗船しておられたそうですよ」

「伊能忠敬様亡き後、地図作りの中心になっておられるお方ですな」

「大番頭さん、伊能様の死は内密に」

「おおっ、これはうっかりしました」

と頭に手をやった観右衛門が続けた。

「間宮様は、幕府の密偵という噂のあるお方にございましょう。赤目様、水戸でなにがございましたな」

「なにもござらぬ」

「浩介と口裏を合わせたようにそれだ。それはおかしゅうございますぞ」

と答えた観右衛門が、

「本家の忠左衛門様はなんと書いてこられましたな」

と今度は旦那の昌右衛門に矛先を変えた。

「水戸では大騒動があって、それに赤目様が関わっておられたことも確か。だが、水戸藩では極秘のこととして、話が藩外のみならず藩内にさえ流布せぬよう、きつい取締りを敷いておられるとか」

「旦那様、なんぞ雲を摑むような話ですな」

「ですから、忠左衛門様の書状にも、噂を寄せ集めたゆえ、真偽のほどは分らぬと断わりがございました」

「して、その内容は」

「間宮林蔵様が水戸に入られたのは、伊能様方が必死で製作されている『大日本沿海輿地全図』の一部が水戸領内へ流れているかどうか、その真偽を確かめるためであったとか」

「それは大変でございますな。幕府では『大日本沿海輿地全図』の製作に長い年月をおかけになり、費用も莫大と聞いております。うちがこれまでに供出した特製大判の紙代だけでも何百両とかさみます。総費用は何千両とも何万両とも噂される地図作りですからな。完成を待たずして他所に流れたとなると、幕府の面目は丸潰れです」

「そこで間宮様が水戸に入られた」

「伊能様方の地図は水戸で発見されましたので」

観右衛門の視線が小籐次にいった。

「水戸城下の風聞では、常陸在郷派精進唯之輔様方がこの騒ぎに関わっておられたとか」

「水戸名物の内紛が関わっておりましたか」

昌右衛門も観右衛門も先祖は水戸領内の出、本家は今も西野内村にあり、西ノ内和紙の製作と販売を通じて今も水戸藩と深い関係があるため、領内の事情に詳しかった。

「ともかく、藩では御番衆など精鋭の藩士を大勢出して中河内村の精進屋敷を取り巻き、互いに鉄砲を撃ち合って戦のような大騒ぎが一晩続いたそうな」

「どうなりましたな、その結末は」

「今や常陸在郷派の幹部は捕縛され、手下はちりぢりに山などに逃れておるとか」

「肝心の精進唯之輔様はどうなりました」

「那珂湊に精進様と七人衆らしき死体が流れついたそうです。直ぐに藩が回収し、口止めされたそうな」

「赤目様の逗留中に、なんという騒ぎが起こったもので」

「大番頭さん、この精進唯之輔様方を始末なされたのは、江戸から来られた老武者という噂がしきりだそうです」

二人の目が小籐次にいった。

「人の口に戸は立てられぬ。無責任なものでござるよ」

しばらく二人は沈黙して小籐次を見ていたが、

「赤目様のお立場では喋りにくいものでしょうな」

と昌右衛門が言い、

「大番頭さん、うちの紙が行灯作りに使われる話です。赤目様にご苦労賃をたっぷりとお支払い下さいよ」

「御三家とは申せ、水戸家の内所は決して楽ではございません。あちらはあまり当てにできませんからな」

と観右衛門も請け合った。

夕餉の膳と酒が運ばれてきて、その話題は終わった。

久慈屋の通用口を観右衛門に見送られて出た小籐次の背に、

「四家の新追腹組が水戸へ姿を見せるかと思いましたが、相手が違いましたか」

と、久慈屋の土間に貼った研ぎ屋の水戸行きをほのめかす告知が無駄に終わったことを観右衛門が言った。

「物騒な者どもは立ち現れぬにこしたことはござらぬ」

「赤目様が江戸に戻られるのを、手薬煉(てぐすね)引いて待ち受けているかもしれません。十分にご要心下さい」

「ご忠告承った」

小籐次は観右衛門に別れを告げると、芝口橋をゆらりゆらりと渡った。

刻限は四つ（午後十時）過ぎか。

もはや東海道を往来する人の姿もない。

小籐次は久慈屋の奥座敷で水戸での四方山話に興じながら、酒を三、四合頂戴した。酔いどれ小籐次が酔うほどの量ではなかった。

ほろ酔い気分の顔が秋の涼気にさらされて気持ちがいい。

芝口橋を渡りきった小籐次は、御堀端の蔵地と町家に囲まれた道を陶然とした面持ちで進んだ。

「おでん燗酒(かんざけ)、甘い辛い、按配(あんばい)よし！」

と秋の夜長におでん屋の呼び声が聞こえて、担ぎ売りが姿を見せた。

股引に袖無しの綿入れを着た老爺が振り分けに天秤棒で担ぐ箱から、美味しそうな湯気が立ち昇り、蔵地の常夜灯の灯りに薄く見分けられた。

おでん屋は上燗屋とも呼ばれた。

田楽のほかに豆腐、蒟蒻、芋を竹串に刺して鍋で茹で、味噌をつけた煮込みおでんを売った。むろん上燗屋と別名があるくらいだ。燗酒も供した。

左右に重い箱荷を担いでの振り売りを長年続けてきたものか、腰がふらついていた。

「旦那、ご酒はいかがですか。先ほどからすっかり客に見放されておりましてね え、験直しをしてもらえませんか」

と老爺が小籐次に声をかけてきた。

「酒は得意先で頂戴してきた。だが、そなたが験直しをしろと申すならば、熱燗を一杯もらおうか」

「そうこなくっちゃあ」

老爺は担いでいた天秤棒を肩から外し、二つの箱荷を地面に置いた。

一つの箱荷には火が入って湯が沸いていた。

「ちょいとお待ちを」

老爺はちろりに酒を注ぎ、湯に入れた。

「売れ残りそうだ、田楽はおまけでさあ」

と豆腐を竹串に刺した田楽を小籐次の鼻先に突き出した。

ぷーん
と味噌と山椒(さんしょう)の匂いがして、満腹の筈の小籐次の食欲を刺激した。

「これは美味そうな」

小籐次は右手で田楽を受け取ると、口に頬張った。

「おおっ、熱々じゃあ。なかなかいけるぞ」

大きな田楽を一口二口と食った。だが、大きくてなかなか食い切れなかった。

「酒も頃合ですよ」

ちろりから茶碗に注ぎ移した老爺が、

「へえっ、お待ち」

と差し出した。

うーむ
と小籐次は左手で茶碗酒を受け取った。

その鼻先で老爺が、火の入った箱荷の向こうに体を沈めた。

小籐次はその動きに不審なものを感じとった。

最前より敏捷に思えたからだ。今晩初めての客がついて張り切ったかと思いながら、小籐次は茶碗の酒を口に持っていこうとした。

箱の向こうにしゃがんだ老爺から殺気が漂い、その直後、火の入った箱が小籐次に倒れかかってきた。熱した湯と七輪の火が路上に零れ、湯煙が上がった。

ぽーん
と咄嗟に飛び下がったのは剣士の本能か。

突然、刺客と変じたおでん屋の老爺が抜き身を翳して、湯煙の中、倒れた商売道具を飛び越えてきた。

小籐次は左手に茶碗酒、右手に田楽を持っていた。

間合いを一気に詰めてくる刺客を見据えながら、小籐次は、
発止！

と茶碗を投げた。

刺客はそのことを予測していた。顔だけを背けて茶碗を避け、尚も突進してきた。

刃が迫った。

小籐次は刺客が顔を背けたわずかな間に体勢を整えていた。
次直には手をかけず、相手の刃の下へと身を投げ入れた。
間合いが外れ、刺客の刃が小籐次の鬢(びん)を掠めて流れた。
刺客は二の手を繰り出そうと体を捻ろうとした。
小籐次は左手で相手の手首を摑むと、右手に持っていた田楽を喉元に叩き付けた。
ぐしゃり
と豆腐が喉で崩れ、竹串が喉仏に、
ぶすり
と刺さった。
小籐次は渾身の力をこめて、竹串を押し込んだ。
ううっ
と刺客が呻き、刃を動かそうとした。
だが、小籐次の左手が相手の動きを制していた。
小籐次はさらに竹串を突っ込んだ。
刺客の体から急にふわりと力が抜け、小籐次に倒れかかってきた。

小籐次は竹串を離すと、倒れかかる相手から身を躱した。

どさり

と、刺客が前のめりに倒れ込んだ。

「ちと細工を考え過ぎたのう」

そう洩らした小籐次は新兵衛長屋へと戻っていった。

三

いつもの暮らしが小籐次に戻っていた。

新兵衛長屋で寝起きしながら、芝口橋の久慈屋の店先を借り受けて店開きした。久慈屋と京屋喜平の道具の研ぎが一段落した頃合、小籐次は小舟で深川蛤町裏河岸の船着場に向った。

大川を往来する船頭は袖無しの綿入れを着ている者もいた。朝晩は吐く息が白くなるほどの寒さになり、反対に日中は夏を思わせる陽射しに戻った。

朝霧が薄く流れる蛤町の裏河岸界隈に、うづの野菜舟の姿はまだなかった。

「ちと早かったかのう」

小籐次は小舟に積んである箒で船着場を清掃した。すると、霧を分けて一艘の小舟が姿を見せ、菅笠を目深に被り、絣に赤紐で襷をかけたうづが、

「赤目様、お帰りなさい！」

と叫んで船着場に小舟を寄せてきた。

「長らく留守をして相すまぬ」

「赤目様が水戸様に呼ばれたなんて知らないものだから、酔いどれ様は酒を酔い喰らっていると、お得意さんがかんかんに怒っているわよ」

「また一から商いのやり直しじゃな」

うづから舫い綱を受け取ると、杭に結んだ。

「水戸はどうだったの」

「水戸にわしの竹細工の弟子が二十七人も出来申した。今頃は村に戻り、領内を回って新しい行灯作りを教えている頃であろう」

「お疲れ様でした」

うづは満載してきた野菜を船着場に並べたり、背負い籠に詰め分けたりした。

「お得意様を回ってくるわ」

うづの朝の日課は籠に野菜を入れて、深川界隈の大店や料理屋を回ることだっ

た。

　長屋のおかみさん連が船着場に姿を見せるにはまだ早い刻限だ。それまで自ら野菜を負って売り歩くのだ。

「うづどの、戻ってきたら水戸土産を渡すでな。楽しみにしてござれ」

「あら、赤目様、忘れてなかったの」

「忘れるものか」

「なにかしら」

「はて、なにかのう」

「楽しみだわ」

　という言葉を残して、うづが船着場から河岸道へと上がっていった。

　一人になった小籐次は、近くの竹藪蕎麦を訪ねることにした。すでに竹藪蕎麦からは出汁（だし）を煮出す香りが路地に漂い、醤油と鰹節の匂いとともに湯気が白く流れてきた。

「親方、長らく留守をして相すまぬ。お道具を研がせてもらえぬかのう」

　と店前から格子戸の向こうに声をかけると、

「赤目様、待ってたぜ」

と美造親方の声が応じて、釜場を弟子に任せたか、直ぐに大きな体がのしのしと路地に姿を見せた。その腕には古布に包まれた何本もの蕎麦切り包丁があった。

「暖簾を掲げる前に、研ぎ上がった道具を届けよう」

「助かった。赤目様の研いだ包丁で蕎麦を切ると、一味増すと客に評判がいいんだよ」

と答えた美造が、

「どこかへ旅していたのかえ」

と訊いてきた。

「水戸城下へ、ちと御用で行っておった」

「赤目様の武名は今や高まるばかりだ。水戸様も、赤目様の酔いどれ剣法をご指南下されと頭を下げてきたかい」

「水戸家には御家流の武術がいくつも伝承され、高名な先生方がおられる。長屋住まいの爺様なんぞを呼ぶものか。こちらは野暮用じゃ」

と親方の問いを外した。

「まあなんにしても、赤目様が蛤町裏河岸に戻ってきたのは嬉しいや。うづちゃんも心配していたからね」

「先ほど留守を詫びたところじゃ」

と答えた小籐次が船着場に戻りかけると、親方の美造が、

「そうそう、二十日あまりも前のことかねえ。赤目小籐次様がこの裏河岸に研ぎ商いに来るそうだが、近頃は姿を見せぬかと尋ねて歩く男がいたぜ。適当にあしらっておいたがねえ」

「ほう、武士かな」

「浪々暮らしが身に染み付いた感じの貧乏侍だ。年の頃合は三十前かねえ。面付きはそう悪そうには見えなかったぜ」

（四家追腹組が雇った刺客か）

との思いが小籐次の脳裏をかすめたとき、

「その浪人者はよ、背に乳飲み子をおぶってるんだよ」

と親方が言った。

「乳飲み子をおぶっているとな」

「知り合いかい」

小籐次は首を横に振った。

「うちで重湯を温めるのに湯を少し所望したいと願ったくらいだ。まだ誕生を迎

えてはいまいというのが、うちのかかあの見立てだ。可愛らしい男の稚児だった
ぜ」

乳飲み子を連れた刺客がいるものか。となると、だれか。
と小籐次は考えを巡らしたが、やはり心当たりはない。
「姿を見せたのは一度だけであろうか」
「出前に出た小僧が何度かこの界隈で見かけたそうだぜ。だが、近頃は姿を見せ
ねえな」
「ならば、たれぞと人違いでもしたのではないか」
小籐次は曖昧に応じると、竹藪蕎麦の路地を出て小舟に戻った。すると堀から
霧が消えて、澄みきった空が水面に映っていた。
小籐次は船着場に下りて、晴れ渡った空を見上げた。
どこか異変を感じさせる晴れ方だ。
野分の季節を迎えていた。それが異常にも穏やかな天候をしていた。
(嵐の前の静けさというものではなかろうか)
小籐次の脳裏に、乳飲み子をおぶって小籐次のことを訊き回る浪人の姿が浮か
んだ。

小籐次はそんな考えを振り払い、堀の水を桶に汲んで仕事の仕度をした。

砥石に向い、研ぎを始めた小籐次の頭から雑念は消えた。ただひたすら蕎麦切り包丁の刃を整え、研ぐ作業に専念した。三本を研ぎ終えた頃合、うづが空の籠を片方の肩にかけて意気揚々とした足取りで戻ってきた。

「きれいさっぱり売れたわ」

「なによりなにより。こちらは竹藪蕎麦の親方から仕事を頂戴した。うづどの、そなたの包丁もこちらに渡しなされ。ついでに研ごう」

「一本しかない商売道具だから、赤目様に預けたら困るわ」

「まだおかつさん方が顔を見せるには間があろう」

「稼ぎになる仕事から先にやればいいのに」

うづが包丁の柄を向けて渡した。小籐次は反対に、

「ほれ、水戸土産じゃぞ」

と久坂鞆が調えてくれた包みをうづに差し出した。

「赤目様、ほんとうに頂戴していいの」

「水戸様の重臣久坂家のお姫様が選んでくれたものじゃ」

「お姫様が、うづのためにこれを選ばれたというの」

うづが恐る恐るという感じで包みを受け取った。

「若い娘が喜ぶものは知らんでな、鞠どののお知恵を拝借したのだ」

「見ていい」

「もはやそなたのものじゃ」

うづが紙包みを解き、さらに布を開いた。

秋の陽射しの下に、おやえに渡したものとは色違いの、

「春夏秋冬花籠文様挿し櫛」

の涼やかにも凛とした絵模様が、
ぱあっ
とうづの目を射た。

「どうしましょう」

と呟いたうづが、しばし沈黙のまま櫛に見入った。

「気に入らぬか」

困惑の体で小籐次が訊いた。

「赤目様、このような贅沢な品、うづは未だ持ったことがございません。気に入るもなにも、どうしていいか分りません」

「そなたに喜んでもらおうと、水戸から持参した甲斐があったというものじゃ。鞠どのも喜ばれよう」

「赤目様、ほんとうに頂戴していいの」

「そのために鞠どのの知恵を借りたのじゃ。快く受け取ってくれぬと困る」

「おっ母さんがなんというかしら」

と呟くうづに、

「若い男からもろうたのならおっ母さんも案じようが、こっちは老いぼれ小籐次だ、下心はない。商いの道を教えてくれた礼だ、受け取ってくれ」

「赤目様、お気持ち頂戴します。大事に致します」

「やれやれ一仕事したようじゃ」

と小籐次は額の汗を手拭で拭った。

「よし、うづどのの客が来る前に包丁を研ぎ上げるぞ」

小籐次はうづの菜切り包丁の研ぎに専念した。

うづの包丁が研ぎ上がった頃合、おかつら常連の女衆が船着場に下りてきた。

「おや、蛤町裏河岸に愛想を尽かした酔いどれ様が、気紛れを起こして姿を見せたよ」

と言いながら、おかつが小籐次の前に腰を落とした。

「おまえさん、気をつけな。赤子をおぶった侍が探しているよ」

あっ
とうづが声を上げ、

「そのことを言うのを忘れていた」

と言った。

「わしも竹藪蕎麦の親方から聞いたが、心当たりがないのじゃ」

「おまえさんが昔、どこぞの女に産ませた倅が、爺様を訪ねてきたんじゃないのかえ」

「おかつさん、わしにはそのような艶っぽい話はござらぬ」

「そうだねえ、お世辞にも女に持てる顔じゃないやね。平家蟹が梅干でも食った顔だ。だいぶ造作が狂ってるものね」

とおかつが小籐次の顔を見下ろした。

「おかつさん、それほど酷いか」

「はい、と素直に返答するのは気の毒だけど、どう贔屓目に見ても酷い顔だよ」

「おかつさん、赤目様のお顔は仏様のお顔のようにどこか慈しみがあるわよ。そんな酷い顔じゃないわ」

「うづちゃん、年寄りをその気にさせると、二人きりになったとき、手を握りかねないよ。用心おし」

おかつの言葉に女たちが、
どおっ
と笑った。

「酷い言われ方だが、わしも心得ておる。ゆえに、その赤子をおぶった浪人はわしの倅ではないぞ」

「そう言われればその浪人、恰幅(かっぷく)もいいしさ、顔も整ってたよ。無精髭をあたり、着るものを着れば、一廉(ひとかど)の武士に変わるよ」

とおかつが得心したように言った。

「するとだれなの、あの浪人さん」

「うづちゃん、うちの亭主があの赤子連れの浪人を、本所南割下水で見かけたんだってさ。つい二、三日前の話だよ」

と言い出したのは、おかつと同じ長屋住まいのおさんだった。

「まだこの界隈にいたのかねえ」

「うちの亭主の千吉が普請場の屋根からふと下を見下ろすと、赤子をおぶった浪人が五、六人の門弟衆に囲まれていたんだって」

「門弟衆ってだれだい」

「本所三笠町の町道場で、卜念流とか木刀流とかいう看板を掲げた新条六右衛門道場の悪どもさ。こいつら、腕に任せた強請りや用心棒で身過ぎ世過ぎをたてている連中でねえ、あの界隈の鼻つまみだよ。千吉が屋根から見てることも知らず、あいつらは浪人を脅してなにがしかの銭を強請るか、いたぶろうとしたんだろ」

「えらい悪に引っかかったねえ。やられちまったのかい」

「それが反対でね。新条道場の悪どもはあっさり、赤子を抱えた浪人に打ちのめされたんだってさ。その浪人の強いことといったらなかったそうだよ。千吉ったら、えらく興奮して、あっさりと叩きのめした様子をなんども話して聞かせるんだよ」

「おかみさん、その者、新条道場の門弟衆に名乗ったであろうか」

「さてどうかねえ。亭主が言うには、相手が持っていた竹刀を奪いとって、あっという間に地面に突き転ばしたそうだよ」

(やはり四家追腹組の刺客か)

と小籐次は思った。

おかつたちがうづの野菜を買って船着場から引き上げた後、うづが不安げな顔を小籐次に向けた。

「赤目様、ほんとうに心当たりはないの」

「その親子にはござらぬ」

「ほかにあるの」

「なくもないが……」

と答えた小籐次は、

「曖昧模糊とした話を詮索しても、なんの益もなかろう。うづどの、わしは竹藪蕎麦の残りの道具を仕上げたら、経師屋の安兵衛親方の許に顔を出してみようと思う」

うづの野菜舟にはぼつぼつ客が来て、夕餉の菜を買っていった。

半刻かけて小籐次は竹藪蕎麦の蕎麦切り包丁を研ぎ上げた。

「行って参る」

「赤目様、今日はここを早目に引き上げるわ」

この日、うづは富岡八幡宮の船着場に回るという。

「明日会おう」

「挿し櫛、有難うございました」

「なんの、度々礼を言われるほどのものではない」

小籐次はまず竹藪蕎麦に立ち寄り、道具を届けた。

「赤目様、助かったぜ」

と美造親方が応分の研ぎ代を支払ってくれた。

「昼飯には早いが、蕎麦を食べていかねえか」

「まずは得意様に白髪頭を下げて歩くことが先でござる」

「だいぶ仕事を休んだからな」

小籐次が竹藪蕎麦を出ようとすると、急ぎ足で入ってきた職人風の男が、

「おまえ様が赤目小籐次様かえ」

と訊いた。

肩には大工の道具箱を担いでいた。

「なんだい、千吉さん。赤目様に用事か」

竹藪蕎麦の美造親方が訊いた。頷いた千吉が美造から小籐次に視線を移し、

「赤目様、うちのに聞いたら、赤目様があの赤子連れの浪人の名を気にしていた

というからさ。うろ覚えだが、伝えに来たんだ」

おさんの亭主の千吉らしい。

「それは造作をかけた」

「あの浪人さんはよ、新条道場の悪にさ、穏やかに心地流須藤平八郎光寿と名乗ったぜ。おれはよ、仕事の覚えは悪いが、芝居の台詞なんぞは直ぐに覚える性質（たち）だ。間違いねえ」

と言うと、これから普請場に道具箱を届けるといって竹藪蕎麦をそそくさと出ていった。

「まだあの話、尾を引いているのかえ」

「どうやらそのようだ」

　小籐次は竹藪蕎麦を出た。

　この日、小籐次は夕暮れの刻限まで経師屋の安兵衛親方の道具を研いで一日を過ごした。

「遅くなった」

と蛤町裏河岸の船着場に戻ってみると、一人の武士が小籐次を待ち受けていた。

宵闇を透かした小籐次は、

「そなたか」

と緊張を解いた。

相手は赤穂藩家臣お先頭の古田寿三郎だった。

「断わりを言いに参ったか、それとも詫びか」

古田がなにかを言いかけ、黙り込んだ。

小籐次は小舟に商いの道具を積み込むと、

「舫いを解いてくれぬか」

と古田に頼んだ。

古田寿三郎が綱を解き、小舟に投げ入れた。だが、当人は船着場に立ったままだ。

「乗られぬか。話もできまい」

古田が乗ると、小舟がぐいっと沈んだ。

小籐次は杭を手で押すと、小舟を船着場から離れさせ、艫に半身に座った構えで櫓を握った。

四

「承知なのですね」

「またぞろ四家の刺客が、わしの周りをうろついていることか」

「赤穂藩は新たな刺客など送り込んではおりませぬ」

「小城藩では追腹組の残党を藩外に出し、他の三家と結託して新たな刺客団を組織したというではないか。違うか」

「……」

古田寿三郎は返答に窮した。

古田は小籐次の御鑓拝借騒動の折、一番目に襲われた赤穂藩森家のお先頭だ。

お先頭とは行列に際して、鉄砲、鑓、弓の三つを束ねる役職だ。

普段、江戸屋敷で古田がどのような役職に就いているのか、小籐次は知らなかった。

古田は丸亀藩、赤穂藩、臼杵藩、小城藩の四家の行列が次々に襲われ、御鑓先が奪われた騒ぎで、赤目小籐次がなぜ騒ぎを引き起こしたか、最初に真相を突き止めた人物だ。

以後、丸亀藩の黒崎小弥太、臼杵藩の村瀬朝吉郎、そして小城藩の伊丹唐之丞(とうのじよう)と語らい、騒ぎの沈静化に努めた人物である。藩と小籐次の間に挟まり、神経をすり減らし、かつ一番損な役回りを務めた家臣でもあった。それだけに藩主森忠敬の信頼が厚いと聞いていた。

小籐次は古田寿三郎を信頼していた。だが、古田が御鑓先を奪われ、世間の物笑いになった赤穂藩森家の家臣の一人であることに変わりはない。

「そなた、だれぞの使いか」

「いえ、それがしの意思で赤目様をお待ちしておりました」

「そなたが知ることを話すがよい」

小籐次の言葉付きが幾分和やかになった。

「赤目様は此度のこと、どうしてお知りになられましたので」

古田が反問した。

「旧主森藩の久留島通嘉様がこの春、江戸勤番に出て来られ、江戸到着の挨拶に登城された折のことだ。小城藩の鍋島様、臼杵の稲葉様のお二人が詰之間で待ち受けておられたそうな。そこで改めて御鑓拝借騒動を引き起こしたそもそもの因を、丁寧に詫びられたそうじゃ」

古田が驚きの様子で小籐次を見た。

「その城中からの帰路、行列が幸橋御門を潜ろうとしたとき、江戸家老宮内積雲様が待ち受けていた小城藩鮫津某に、追腹組はすべて藩外に放逐した。以後、その者たちの行動は小城藩とは関わりなし、と宣告されたそうな」

「なんということを」

古田が愚かなことをというふうに呟いた。

「刺客はすでに現れましたか」

「過日、旧藩を訪ねた帰り道、わしは案内役の高堂用人を下屋敷まで送って参った。下屋敷近くで赤穂、丸亀、臼杵、小城四藩の家紋入りの提灯に囲まれ、心形刀流左右田鹿六と申す剣客に襲われたのを皮切りに、竹内流槍術神尾三兄弟、さらにはおでん屋に化けた刺客と、都合三組の刺客がわしの前に姿を見せた。だが、いずれも四家に雇われた者と推測される」

古田が頭を振り、しばし気持ちを整理するように沈黙した。

小舟は武家方一手橋を潜り、大川に出ようとしていた。そのせいで小舟の舳先が揺れ、飛沫が古田の羽織を濡らした。

「赤目様、それがしは赤穂藩の動静しか知りませぬ」

「知らぬことは話せまい。捨ておけ」

「赤穂藩は二万石の小名にございますれば、直ぐに江戸藩邸の噂は目付のそれがしの許へ伝わります」

「そなたは目付を拝命しておるか」

「赤目様に御鑓先を奪い取られた後、それがしは忠敬様直々の命により目付に就かされました」

「うーむ」

「小城藩の関わりの者とわが藩新渡戸白堂様が密かに会ったという知らせがもたらされたのが、此度の探索の発端にございます。新渡戸様はわが藩の中老職にございまして、酒匂川で赤目様がわが行列を襲われたとき、薙刀を振るい、赤目様の前に立ち塞がった道中奉行新渡戸勘兵衛様の叔父御にあたられます」

小籐次は、混乱する行列にあって勇敢にも小籐次と真っ向勝負を挑み、斃された薙刀の名人新渡戸の風姿を思い浮かべていた。

一瞬の戦いだったが、堂々たる戦いぶりを小籐次は鮮明に記憶していた。

「白堂様は、勘兵衛様が斃されたことを新渡戸家の恥辱と考えられてきた節がございまして、小城藩の者と面会したようにございます」

「そなた、白堂に会うたか」

「それがしが目付を命じられたとき、忠敬様から特にお言葉がございました。御鑓拝借騒ぎで赤穂の名が落ちたのは、偏に忠敬が城中で愚かな言辞を吐いたゆえのことである。もはやこれ以上、世間を騒がせてはならぬ。赤目小籐次を討とうという動きにわが藩の者が加担することは絶対に許さぬ。そのことを未然に防ぐことがそなたの役目の一つと心得よ、と仰せられたのでございます」

「森忠敬様がそのようなお言葉をのう」

小籐次は櫓を操りながら、己がとった行動に悩み苦しむ人々がいることを改めて知らされた。

「新渡戸白堂様はそれがしの問いにあっさりと答えられました。甥の勘兵衛の恨みをどのような手を使うても果たすのは、新渡戸一族の務めと」

「どのような手でもとは、おでん屋に化けさせた刺客を送り込むことか。それが新渡戸勘兵衛どのの恥辱を雪ぐことか。いや、新渡戸どのは見事な戦いぶりでござった、一点の非の打ち所もなき武勇であった。そのことを顧みず刺客を送り込むことこそ、新渡戸勘兵衛どのの戦いを傷つけることではないか」

小籐次の怒りを含んだ言葉に、古田寿三郎が悲しげに首を振った。

「赤目様、新渡戸白堂様の頑迷な考えは、わが藩の中でも際立っておりましてな。また白堂様の家来に赤目様を襲う腕利きがいるとも思えませぬ」

「白堂は小城藩の者と会見したのじゃ。どのようなことを約定したか、そなた、調べたであろうな」

「赤穂は浅野家以来、塩造りが盛んな土地、赤穂塩は江戸でも高く取引される物産にございます。この塩を藩から許しを得て、江戸で一手に販売しているのが日本橋近くの室町に店を、新網北町に屋敷を構える播磨屋聡五郎にございます。白堂様とは古くからの茶の仲間、白堂様が播磨屋に三百両の借用を申し込まれたところまで調べがついております」

小籐次は芝口新町近くの播磨屋の屋敷を承知していた。船着場を持つ屋敷には塩蔵など何戸前(とまえ)もの屋根が並んでいるのが堀から見えた。

「播磨屋から借り受けた金子で、それがしを討ち果たす刺客を雇うていると申すか」

古田寿三郎が頷き、

「そのようなことは臼杵藩でも丸亀藩でも起こっておりましょう。刺客を雇うには、四家から十分な資金が集まったとみるべきです。ですが、赤目様、雇った刺客が赤目様を討ち果たすとは、どなたもが考えておられませぬ。最後は四家が、いや、最後には小城藩が出ねば、真の恨みは晴らせぬと考えておられましょう」

と小籐次と同じ考えを洩らした。

「そなた、そのようなことをわしに話してどうする気じゃ」

「それがしの役目は、これ以上、森家を騒ぎに立ち入らせぬことにございます」

「わしがどうなろうと構わぬか」

「そのようなことは申しておりませぬ。どうなってもよいのなら、このように赤目様に面会は致しませぬ。近頃では白堂様の家来がそれがしの周りをうろついて、あれこれと脅迫して参ります。なんとも損な役回りです」

と古田が正直な感想を洩らした。

「はて、どうしたものか」

小籐次は櫓を漕ぎながらも考え続けた。

小舟は大川河口を横断し、佃島と鉄砲洲を結ぶ渡し船が往来する海へ入っていこうとしていた。むろん暮れ六つ（午後六時）を過ぎて渡し船は終わっていた。

小舟を築地川に入れて、小籐次は古田寿三郎に言った。

「播磨屋の屋敷は承知しておるが、なかなか豪壮じゃな」

「先ほども申しましたが、店は日本橋室町にございます。新網北町は屋敷と赤穂からの荷が納められる塩蔵、金蔵が七戸前もございまして、なかなかの威勢にございます」

頷いた小籐次が言った。

「頼みがある」

「なんでございますな」

「播磨屋を訪ねよ」

「して言上は」

「赤目小籐次暗殺のために三百両を供出なされた真偽を問い質すべく、明晩五つ（午後八時）の頃合、赤目自ら屋敷を訪ねるゆえ、心して待たれよ、と告げられよ」

古田が小籐次の顔を見た。

水上には灯りもなく、月光が水面に照り返して小籐次の顔を浮かび上がらせていた。

「刺客にいつまでも付け狙われる暮らしは面倒じゃ。座していても刺客の襲撃を受けるならば、こちらから仕掛ける。まずは赤穂藩関わりのところから一つひとつ潰していくことにした」

「赤目様、播磨屋をどうなさる気で」

「応対次第じゃが、この一件から手を引かせることが肝心でな。話で事が終われば、それに越したことはない」

「血を見るようなことだけは願い下げでございます」

「古田寿三郎、わしが望んだことではないぞ」

古田の返答はなかった。

「わしを信用致せ」

「その他に言伝(ことづて)はございませぬか」

「ただ今、背に赤子を負うた刺客がわしの周りに出没しておる。心地流須藤平八郎光寿なる者じゃが、覚えがない。赤穂藩が雇うた刺客ならば、約定を反故(ほご)にせよと命じよ。赤子連れの刺客などと戦いとうはない」

「赤子連れの刺客でございますか」

古田が驚きの顔をした。

「何人もが見ておる。またその腕前はなかなかと分っておる」

古田寿三郎がしばし考えた後、

「承知仕りました」

と答えた。

「もう一つ、そなたにも汗を掻いてもらおうか」

古田寿三郎が小籐次を見た。


その日、小籐次は次直の手入れをして一日を過ごした。

増上寺の切通しの鐘撞堂で打ち出す暮れ六つの時鐘が新兵衛長屋に伝わってきたとき、小籐次は手入れした次直を手に破れた菅笠を被り、京屋喜平の職人頭円太郎が手造りした革足袋を履いて長屋を出た。

木戸口で次直を腰に差した。すると、新兵衛が間延びして歌う声が路地まで響いてきた。

「爺ちゃん、陽が落ちて歌うと人攫いに遭うわよ」

お夕が諫める声がした。

「お夕、だれが惚けたお父つぁんを攫っていくものですか」

お麻の声がさらに続いた。

小籐次は破れ笠の縁に竹とんぼが差し込まれていることを確かめ、木戸口から通りへ向った。

東海道の宇田川橋際にある蕎麦屋に入った。

朝から次直の手入れでなにも食していなかった。

「冷や酒でよい、五合ばかりくれぬか。それと蕎麦を一枚もらおう」

初めて入った蕎麦屋だ。応対する主が小籐次の顔をじいっと見ていたが、

「赤目小籐次様でございますな」

と訊いてきた。

「いかにも赤目じゃが、そなたとどこぞで縁があったかな」

「久慈屋様の店先で仕事をなさる姿を見かけるだけでさあ。だがよ、この界隈で酔いどれ小籐次様の武勲を知らない者はございませんぞ。暖簾を下ろそうとしたところに、どえらいお方が飛び込んでこられましたよ」

親父は台所にすっ飛んでいき、大徳利と丼を持ってくると、

「お好きなだけお飲み下せえ」

と小籐次の前に置いて、再び台所に姿を消した。

小籐次は丼に酒を注ぎ、独り悠然と飲んだ。一杯目を飲み干したところで蕎麦

が運ばれてきた。

小籐次は蕎麦をつまみにさらに丼酒を二杯飲み、納杯した。

「馳走であった」

懐から巾着(きんちゃく)を引き出す小籐次に親父が、

「酔いどれ様から銭が取れるものか」

「主、商いに情を絡めては成り立たぬ」

小籐次は一朱を卓に置いた。


半刻後、小籐次は新網北町の塩問屋播磨屋の、堀に面した塀下に小舟を乗り付けた。

浅野家、森家と二代の赤穂藩御用達商人として財を築いた播磨屋の敷地は、六、七百坪は優にありそうで広かった。

屋敷の表にも裏口にも、播磨屋が雇った用心棒が密かに警護に当たっていた。

小籐次は一旦新兵衛長屋に戻り、小舟に乗って水上から播磨屋の裏手に近付き、塀下に戻ってきたところだ。

(古田寿三郎ら赤穂藩の者たちは、すでに屋敷に潜り込んだか)

と小籐次は辺りを見回した。

この夕刻、播磨屋の船着場に予定外にも赤穂藩の御用船が着き、長持ちのような荷がいくつも屋敷内に運び込まれたのだ。小籐次の指図に古田寿三郎が従った結果だ。

小籐次は竿を水底に突き立て、竿をするすると伝い、屋敷から堀へと伸びた松の太枝によじ登った。その枝から幹へと移り、屋敷を眺めた。

母屋も塩蔵もひっそりとしていた。だが、離れ屋の一室に灯りが点り、この屋敷の主と思しい人物と武家が茶を楽しんでいた。

「やはり来ておったか」

茶道仲間という赤穂藩江戸屋敷中老新渡戸白堂と播磨屋聡五郎であろう。

小籐次は音もなく枝から飛び降りた。

「白堂様、赤目小籐次は参りますかのう」

「御鑓拝借などとちとうぬぼれておるで、参るには参ろうが、刻限どおりに姿を見せるかどうか」

「そろそろその刻限かと思われます」

と何気なく庭に目をやった播磨屋は、闇を切り裂くように飛び来る物体に目を奪われた。

「なにが飛んでおるのでございましょうな」

緩やかに旋回した物体は開け放たれた障子の間から畳の上に落ちた。

「竹とんぼではないか」

と白堂が声を上げ、播磨屋が再び庭に目をやって、

「あっ！」

と驚きの声を洩らした。

「赤目小籐次、約定どおりに参上致した」

と破れ笠を被った小籐次が離れ屋の縁側に革足袋を履いたまま上がり、座敷に入り込むと座した。

播磨屋が呼び鈴を取ろうとした。

「お止めなされ。鈴が鳴る前にそなたの首が飛んでも仕方あるまい。それがし、話し合いに参っただけでな」

と播磨屋聡五郎に言いかけた小籐次は、新渡戸白堂に視線を移した。

「酒匂川で戦うたそなたの甥御、新渡戸勘兵衛どのは真の勇者にございました。勝敗は時の運。それがしが生き残りましたが、勘兵衛どのの振舞になんら恥じる

ところはございませぬ」

「おのれ！　申したな」

「白堂どの、そなたの行いこそ赤穂藩と藩主森忠敬様の為にならず」

播磨屋が呼び鈴を摑むと鳴らした。

その音が母屋に伝わり、母屋に待機していた新渡戸家の家来や、播磨屋が雇った武術家たちが、

「酔いどれ小籐次、出おったか！」

とばかりに、刀や短槍を手に離れ屋に走ろうとした。すると、母屋と離れ屋をつなぐ渡り廊下に飛び上がってきた者たちがいた。

鉢巻に襷掛けの集団は一騎当千を感じさせた。

「静かに致せ。赤穂藩江戸屋敷目付古田寿三郎である。そなたらが動けば、だれかれなく斬り捨てる！」

古田が凜然と言い放った。

赤穂藩の御用船の荷に隠れて屋敷内に入り込んだ面々だ。

「新渡戸家の家来衆、藩邸に戻られよ。そなたらの吟味、後日致す」

赤穂藩江戸屋敷で選抜された腕利きの若侍らが立ち塞がったのだ。新渡戸家の

家来や雇われ剣客など烏合の衆とは意気込みが違った。

じりじりと母屋に押し返されて、雇われ剣術家などは早々に逃げ出した者もいた。新渡戸の家来たちも算を乱して播磨屋から飛び出していった。

「播磨屋、この家に赤穂藩の手勢が入ったことに気付かなんだか」

小籐次が離れ屋で言い放った。

「な、なんと」

「本夕刻、船着場に入った長持ちには、古田目付の支配下の腕利きが隠れ潜んでおってな。そなたらが待機させた者たちは今頃制圧されておろう」

「白堂様、どうしたもので」

「お、おのれ」

「二人に申し聞かせる。この一件から直ちに手を引かねば、森忠敬様に申し上げ、処分方を願う。播磨屋、浅野家の代から続く赤穂の塩の商いも今日かぎりと思え」

「滅相もございませぬ。私はただ白堂様の願いで三百両をお立替えしただけにございます」

播磨屋聡五郎が商い大事と保身に走った。

「おのれ、播磨屋」

白堂はふいに立ち上がると縁側に出た。そして、庭の一角を睨め回していたが、

「おお、そこにおったか」

と言うと、泉水の陰から立ち上がったものがいた。

「須藤平八郎、約定を忘れるでない」

若い武士は背に赤子を負い、手には風呂敷包みを下げていた。

小籐次は、赤子連れの剣客に目をやった。

離れ屋の灯りが零れる庭に姿を見せた須藤平八郎は二十七、八か。身丈は六尺、陽に焼けていなければ白面の貴公子といってもよい風貌だった。

須藤は手にしていた風呂敷包みを庭の隅に置き、おぶい紐を解くと、赤子の背を風呂敷包みに持たせかけて座らせた。

「駿太郎、ちと待っておれ」

言葉をかけた須藤は立ち上がると、

「赤目小籐次どのに申し上げる。そなたに恨みつらみ一切ござらぬ。武士の習わしに従い、尋常の勝負を願おう」

「よせ。そなたとそれがしが相戦えば、どちらかが斃れることになる」

「赤目どのはそれがしの腕前をご存じか」

「そなたが深川界隈でそれがしのことを聞き回ったでな、こちらにもそなたの行状が伝わって参った。そなたが本所三笠町で新条六右衛門道場の門弟たちを叩き伏せたことも承知じゃ」

「赤目どの、それがし、そなたと戦うのは金子のためにござった。なれど、赤目どのの噂を江戸じゅうで聞き知り、剣術家として勝負をと願うようになったのでござる」

須藤平八郎は剣を抜き、
だらり
と切っ先を垂らして小籐次を睨んだ。

もはや小籐次の逃げ場はなかった。

「致し方なし」

座敷から立ち上がると、縁側から庭に飛んだ。

平八郎と小籐次の間合いはほぼ一間半。

互いに踏み込めば生死の境を越える。

「須藤平八郎、最後に聞いておく。それがしが生き残ったとせよ。その赤子はいかが致すな」

平八郎にはその考えが微塵もなかったか、しばらく沈思した。

「それがしが死に至ったときには、駿太郎のこと、赤目小籐次どのに託したい」

「迷惑な」

「赤目どの、それがしは死なぬ。そなたを斃して駿太郎と二人、江都に武名を上げ申す」

須藤平八郎が静かに宣告し、垂らしていた切っ先を正眼の構えへとゆっくり上げた。

堂々とした構えだった。

小籐次は京屋喜平の職人頭円太郎が作った革足袋をしっかりと庭の土に馴染ませ、右足を開き気味にして腰を沈めた。

「須藤平八郎、そなたとそれがしが戦う謂れはない」

「問答無用」

正眼の構えのまま、

つつつ

と間合いを詰めてきた。

もはや互いに逃げ場はなかった。

古田は渡り廊下から二人の対決を見ていた。

離れ屋からは播磨屋聡五郎と新渡戸白堂が固唾（かたず）を呑んで凝視していた。

濃密に膨れ上がる戦いの機運を裂いて、駿太郎の泣き声が突然響いた。

須藤平八郎が怒濤（どとう）の攻撃で間合いを詰め、胸元に引き付けられた剣が小籐次の矮軀を襲った。

小籐次は一拍遅れて踏み出した。

後（ご）の先（せん）。

次直が鞘走り、二尺一寸三分が光になった。

小籐次の脳天に落ちる剣、須藤の胴を抜く次直が、刃を交えることなく生死を分った。一瞬早く、

「来島水軍流流れ胴斬り」

が須藤の胴を捉え、須藤の剣は小籐次の破れ笠の縁を無益にも斬り割った。

うっ

と押し殺した声を発した須藤平八郎の体が横に吹っ飛び、崩れるように倒れ込

んだ。須藤は必死で片足を立て、手にしていた剣を杖に立ち上がろうとした。だが、立ち上がる前に腰が砕けて、

ごろり

とその場に転がった。

小籐次が血ぶりをして、須藤を見下ろした。

「あ、赤目どの、し、駿太郎を」

「致し方ない。武士の約定じゃ」

その言葉を聞いて安心したか、須藤平八郎が、

がくり

と顔を地面に押し付けるように落として動かなくなった。

ふーうっ

と一つ息を吐いた小籐次は次直を鞘に納めた。そして、泣き続ける赤子の許へ歩み寄り、

「駿太郎、縁あって赤目小籐次が育てることと相成った」

と告げた。

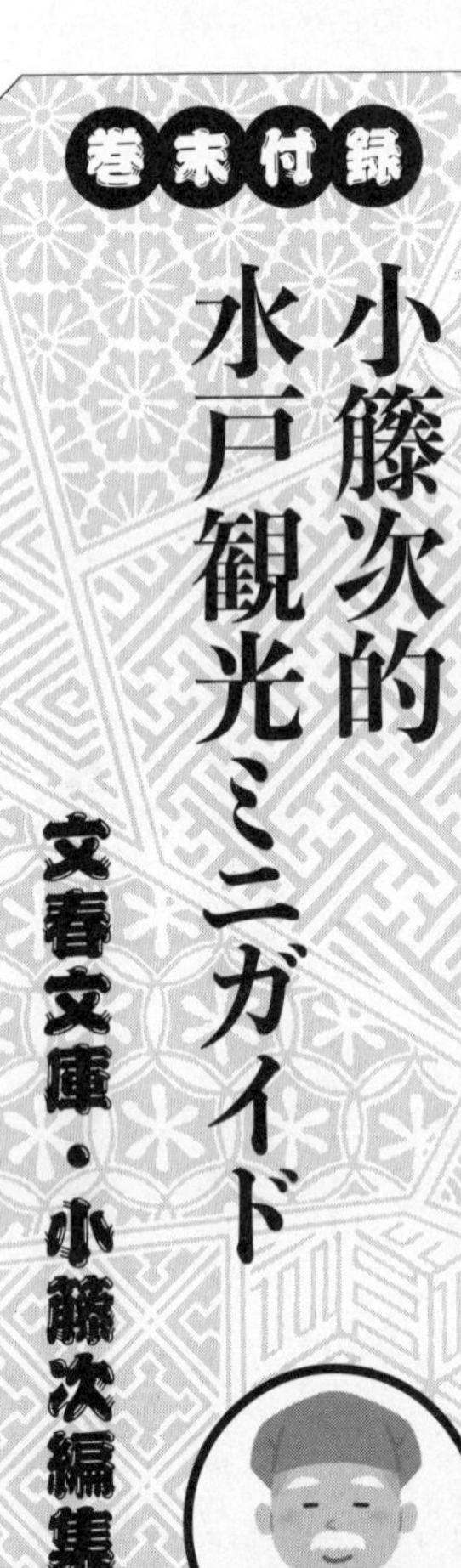

これまで小籐次は、作中で二度、水戸を訪れています。最初は久慈屋昌右衛門の、西ノ内和紙の仕入れに同道（『一首千両』）。水戸街道を下る道中では、水戸藩前之寄合・久坂華栄の娘、鞠姫様との印象深い出会いがありました。

そして本作では、「ほの明かり久慈行灯」の製作指導のため、久慈屋の手代・浩介とともに海路で水戸入りします。船上での間宮林蔵との邂逅をきっかけに、小籐次は水戸藩中に渦巻く権力闘争を覗き見ることになります。

――さて、江戸市中とともに小籐次シリーズの重要な舞台となった水戸。今回は、ファンなら一度は見ておきたい「水戸観光ミニガイド」です。

JR水戸駅に降り立ち、北口に出て黄門様、助さん、格さんの銅像と対面したら、まずは北方向に歩いてみましょう。

●水戸城址

御三家の居城水戸城下は、北に那珂川の流れを、南に千波湖を要害として舌状の台地に築かれ、東西に武家屋敷、町家を配した造りで、東西に細長く広がっていた。戦国時代、佐竹義宣によってその原型が造られ、寛永年間（一六二四〜四四）、徳川頼房（よりふさ）によって大きく改修が加えられた。

本丸は台地の東端にあり、その西に二の丸、三の丸と曲輪が連なり、さらにその西に町家が形成されていた。（本文より）

常陸国水戸藩三十五万石を治めた御三家の一、水戸徳川家。その本拠、水戸城は、今日の水戸駅北口と那珂川に挟まれる一帯に位置していました。

東半分は本丸と二の丸で、それを分かつ空堀には、現在、JR水郡線が走っています。空堀を挟んで水戸第一高校、水戸第三高校が対面。緑豊かな文教地区です。

水戸城は那珂川、千波湖という天然の要害が充実していたゆえか、石垣がありません。その代わりに日本最大級といわれる土塁と、巨大な空堀が築かれ、御三家の居城にふさわしい構えをそなえていました。

また、天守閣もありませんでした。代わりに城のシンボルとなっていたのが、二の丸に築かれた櫓「三階物見」。明和元年（一七六四）に焼失しましたが、「御三階櫓」として再建。小籐次が眼にしたとしたら、この、銅瓦葺きの御三階櫓だったはずです。

しかし、残念ながら御三階櫓も昭和二十年（一九四五）、終戦二週間前の水戸空襲で失われます。現在、跡地は水戸三高の敷地になっています。

現存する水戸城の建築物は、水戸一高内にある薬医門ただひとつ。ですが、二の丸を貫く水戸城跡通りは、塀が大名屋敷のような白壁になっているなど、昔を偲ばせる街づくりがおこなわれています。ゆっくり散歩するには格好のコースでしょう。

●彰考館跡

二の丸を貫く水戸城跡通りの北側に位置する水戸第二中学校。その正門右脇に、「彰考館跡」「大日本史編纂之地」の碑が並んで建っています。

「間宮どのは明日も彰考館に籠って『輿地路程全図』を調べるのでしょうか」
「ただ今の刻限も熱心に調べておるそうな」

という太田拾右衛門・静太郎父子の会話にもあるとおり、ここが作中、間宮林蔵が「改正日本輿地路程全図」を筆写し、そして襲撃事件の現場にもなった彰考館のあった場所です。

〝黄門様〟こと水戸藩二代藩主、徳川光圀（みつくに）は、十八歳のときに史記「伯夷伝」を読んで歴史に目を開かれ、明暦三年（一六五七）、三十歳で史書の編纂に着手します。四年後に藩主となってからは江戸・小石川の上屋敷に史局を設け、彰考館と名付けました。のち同様の施設が水戸にもつくられたのです。

この史書こそ、本紀七十三巻、列伝百七十巻などからなる「大日本史」。明治三十九年（一九〇六）の最終的な完成までほぼ二百五十年を要した大事業でした。もちろん用紙に用いられているのは、かの西ノ内和紙。碑の隣に建つ「三の丸展示館」では、大日本史の現物を見ることができます。

ちなみに元禄時代、彰考館の総裁に就任し、光圀のもとで編纂の陣頭指揮を執ったのが儒学者の安積澹泊（あさかたんぱく）。黄門様の向かって右、つまり格さんのモデルと伝えられる人物です。

●弘道館

彰考館跡から西に進み、水戸藩初代藩主・徳川頼房（よりふさ）（家康の十一男。光圀の父）の銅像を見ながら大手橋を渡ると三の丸。正面に建つのが弘道館です。敷地面積三万二千坪を誇った、日本最大の藩校。大日本史と共に〝学問の藩〟水戸藩を象徴する存在です。

弘道館を設立したのは九代藩主・徳川斉昭（なりあき）。残念ながら、本作では「ほの明かり久慈行灯」の名付け親としてお馴染みの八代斉脩（なりのぶ）の時代には、まだ弘道館はありませんでした。水戸では二代光圀と九代斉昭が名君として名高く、斉脩はいささか影が薄いのが、小籐次ファンとしては少々寂しいところです。

斉脩は実子を得ないまま文政十二年（一八二九）、三十三の若さで亡くなるのですが、その際、弟の斉昭を養子とする遺書を残していました。斉昭は藩を継ぐや、さまざまな改革に乗り出すのですが、そのひとつが藩校の設立でした。

弘道館は藩士とその子弟を対象に天保十二年（一八四一）に設立されました。入学年齢は十五歳。文館、武館、医学館、天文台、馬場などが建ち並び、儒学、礼儀、歴史、数学、剣術、槍、兵学などなどが講じられたという、まさに「武士の総合大学」。

正庁に掲げられた「尊攘」の黒々とした大書は、この地が、幕末の尊皇攘夷思想の出発

弘道館正庁を正面から望む。玄関には弘道館の戦いの際の弾痕が残る

点であったことを強烈に思い起こさせます。明治元年（一八六八）、尊攘派の天狗党と保守派の諸生党が激突した「弘道館の戦い」で多くの建物が焼け、今は正門や正庁・至善堂（いずれも重要文化財）など一部の建物を残すのみですが、ピリリとした緊張感に満ちた往時の空気を、十分に感じ取ることができるでしょう。

展示物も、大日本史のほか、吉田松陰が水戸滞在中に残した自筆漢詩など、見どころ多数です。

●徳川ミュージアム

さて、水戸徳川家の歴史を知るうえで外せないのが、日本三名園・偕楽園の西端に位置する「徳川ミュージアム」です。

十三代当主の徳川圀順(くにゆき)氏が設立した水府明徳会の博物館として、昭和五十二年(一九七七)に開館したもので、初代頼房はじめ歴代藩主によって伝えられた数多の史料が、一堂に会しています。

ここにはわれらが斉脩公にまつわる品があるのではないか……と探すと、ありました！斉脩がものした、彰考館に掲げられていた扁額。あまり体は強くなかったが聡明で、文芸に秀でていた——という人柄の滲み出た、優雅な筆さばきです。

他にも、展示品はじっと見入ってしまう逸品揃い。たとえば「大日本史」の版木。ほとんどが水戸空襲で焼失し、今やここにある二枚が残るのみだそうです。

あるいは水戸藩の大名行列の際、先頭の長槍の先端に飾った毛槍「赤唐頭」。そうか、小籐次が大名四家から拝借したのはこういうものだったのか……とニヤニヤしてしまいます。

そして、水戸といえばこれ、光圀所用の「黒地葵紋金蒔絵印籠」。そう、黄門様の印籠です。ドラマで使われた印籠も、これを見本につくられたのだとか。思わずハハ〜と平伏しそうになります。

時間に余裕があれば足を伸ばしてみたいのが、水戸駅から水郡線に乗って約四十分の常陸太田にある、徳川ミュージアムの分館「西山御殿」です。ここは元禄三年(一六九〇)、家督を甥の綱條（つなえだ）に譲った光圀が、隠居場所として定めた屋敷。亡くなるまでの十年間、ここで大日本史の編纂に打ち込んだといいます。

御殿はのち焼失しましたが、それを再建し、今に至るかたちに遺したのが斉脩なのです。茅葺き屋根の質素なこしらえと、辺りをおおう静謐が、光圀、そして斉脩の人柄を偲ばせます。

●おまけ

「中河内村の精進屋敷を、御番衆を中心にした藩の手勢百数十人が囲んでおります」

「相手方の数は」

「こちらとほぼ同じ人数、百数十人は立て籠っている様子です」

本作のクライマックス、那珂川に浮かぶ船上での小籐次と精進唯之輔の決闘。どんなところでおこなわれたのだろう。ちょっと見てみたい。

というわけで、物語通り、三の丸から現場まで歩いてみました。三の丸から那珂川河畔はすぐそこ。早々に土手に出て、あとは上流に向かって歩きます。河原には木が茂っていて、川面を望めるポイントがあまりないのが少々残念。

那珂川にかかる千歳橋。写真正面のあたりに精進屋敷があったのか――

真夏の炎天下、距離にして五キロ弱、一時間ほど歩き、そろそろアゴを出しそうな頃、那珂川にかかる国道118号線の千歳橋につきました。対岸が「中河内町」なので、おそらく決戦の舞台はこのあたりでしょう。

残念ながら、江戸時代のような光景が今も広がっている……とはいえませんが、川面から吹いてくる夕方の風に少し涼を感じ、ほっと一息ついたのでした。

【弘道館】
水戸市三の丸1―6―29　JR水戸駅北口から徒歩約8分
http://www.koen.pref.ibaraki.jp/park/kodokan01.html

【徳川ミュージアム】
水戸市見川1―1215―1　JR水戸駅北口からタクシーで約10分
http://www.tokugawa.gr.jp/

本書は『酔いどれ小籐次留書　騒乱前夜』（二〇〇六年八月　幻冬舎文庫刊）に
著者が加筆修正を施した「決定版」です。

ＤＴＰ制作・ジェイ　エスキューブ

本書の無断複写は著作権法上での例外を除き禁じられています。
また、私的使用以外のいかなる電子的複製行為も一切認められておりません。

文春文庫

騒乱前夜

定価はカバーに表示してあります

酔いどれ小籐次(六) 決定版

2016年10月10日 第1刷
2023年2月15日 第2刷

著 者 佐伯泰英
発行者 大沼貴之
発行所 株式会社 文藝春秋

東京都千代田区紀尾井町 3-23 〒102-8008
TEL 03・3265・1211(代)
文藝春秋ホームページ http://www.bunshun.co.jp

落丁、乱丁本は、お手数ですが小社製作部宛お送り下さい。送料小社負担でお取替致します。

印刷・凸版印刷 製本・加藤製本
Printed in Japan
ISBN978-4-16-790710-5

（　）内は解説者。品切の節はご容赦下さい。

佐伯泰英
神隠し
新・酔いどれ小籐次（一）
背は低く額は禿げ上がり、もくず蟹のような顔の老侍で、無類の大酒飲み。だがひとたび剣を抜けば来島水軍流の達人である赤目小籐次が、次々と難敵を打ち破る痛快シリーズ第一弾！
さ-63-1

佐伯泰英
願かけ
新・酔いどれ小籐次（二）
一体なんのご利益があるのか、研ぎ仕事中の小籐次に賽銭を投げて拝む人が続出する。どうやら裏で糸を引く者がいるようだが、その正体、そして狙いは何なのか——。シリーズ第二弾！
さ-63-2

佐伯泰英
桜吹雪（はなふぶき）
新・酔いどれ小籐次（三）
夫婦の披露目をし、新しい暮らしを始めた小籐次。呆けが進んだ長屋の元差配のために、一家揃って身延山久遠寺への代参の旅に出るが、何者かが一行を待ち受けていた。シリーズ第三弾！
さ-63-3

佐伯泰英
姉と弟
新・酔いどれ小籐次（四）
小籐次に斃された実の父の墓石づくりをする駿太郎と、父のもとで錺職人修業を始めたお夕。姉弟のような二人を見守る小籐次に、戦いを挑もうとする厄介な人物が—。シリーズ第四弾。
さ-63-4

佐伯泰英
柳に風
新・酔いどれ小籐次（五）
小籐次は、新兵衛長屋界隈で自分を尋ねまわる怪しい輩がいると知り、読売屋の空蔵に調べを頼む。これはネタになるかと張り切る空蔵だが、その身に危機が迫る。シリーズ第五弾！
さ-63-5

佐伯泰英
らくだ
新・酔いどれ小籐次（六）
江戸っ子に大人気のらくだの見世物。小籐次一家も見物したが、そのらくだが盗まれたうえに身代金を要求された！　なぜか小籐次が行方探しに奔走することに……。シリーズ第六弾！
さ-63-6

佐伯泰英
大晦り（おおつごもり）
新・酔いどれ小籐次（七）
火事騒ぎが起こり、料理茶屋の娘が行方知れずになる。同時に焼け跡から御庭番の死体が見つかっていた。娘は事件を目撃して攫われたのか？　小籐次は救出に乗り出す。シリーズ第七弾！
さ-63-7

（　）内は解説者。品切の節はご容赦下さい。

佐伯泰英
夢三夜
新・酔いどれ小籐次（八）
新年、宴席つづきの上に町奉行から褒美を頂戴した小籐次を、刺客が襲った。難なく返り討ちにしたが、その刺客の雇い主に気づいたおりょうは動揺する。黒幕の正体、そして結末は？
さ-63-8

佐伯泰英
船参宮
新・酔いどれ小籐次（九）
心に秘するものがある様子の久慈屋昌右衛門に請われ、伊勢へ同道することになった小籐次。地元の悪党や妖しい黒巫女が行く手を阻もうとするところ、無事に伊勢に辿り着けるのか？
さ-63-9

佐伯泰英
げんげ
新・酔いどれ小籐次（十）
北町奉行所から極秘の依頼を受けたらしい小籐次が、嵐の夜に小舟に乗ったまま行方不明に。おりょうと駿太郎、そして江戸中の人々が小籐次の死を覚悟する。小籐次の運命やいかに⁉
さ-63-10

佐伯泰英
椿落つ
新・酔いどれ小籐次（十一）
小籐次が伊勢参りの折に出会った三吉が、強葉木谷（つばき）の精霊と名乗る謎の相手に付け狙われ、父を殺された。敵は人か物の怪か。三吉を救うため、小籐次と駿太郎は死闘を繰り広げる。
さ-63-11

佐伯泰英
夏の雪
新・酔いどれ小籐次（十二）
将軍にお目見えがなった小籐次は見事な芸を披露して喝采を浴びるが、大量の祝い酒を贈られて始末に困る。そんな折、余命わずかな花火師の苦境を知り、妙案を思いつくが……。
さ-63-12

佐伯泰英
鼠草紙（ねずみのそうし）
新・酔いどれ小籐次（十三）
小籐次一家は、老中青山の国許であり駿太郎の実母・お英が眠る丹波篠山へと向かう。実母の想いを感じる駿太郎だったが、お家再興を諦めないお英の兄が、駿太郎を狙っていた。
さ-63-13

佐伯泰英
旅仕舞
新・酔いどれ小籐次（十四）
残忍な押込みを働く杉宮の辰麿一味が江戸に潜入したらしい。探索の助けを求められた小籐次は、一味の目的を探るうち、標的が自分の身辺にあるのではと疑う。久慈屋に危機が迫る！
さ-63-14

（　）内は解説者。品切の節はご容赦下さい。

佐伯泰英
鑓騒ぎ
新・酔いどれ小籐次（十五）
小籐次の旧主・久留島通嘉が何者かに「新年登城の折、御鑓先を頂戴する」と脅された。これは「御鑓拝借」の意趣返しか？　藩を狙う黒幕の正体は、そして小籐次は旧主を救えるか？
さ-63-15

佐伯泰英
酒合戦
新・酔いどれ小籐次（十六）
十三歳の駿太郎はアサリ河岸の桃井道場に入門、年少組で稽古に励む。一方、肥前タイ捨流の修行者に勝負を挑まれた小籐次は、来島水軍流の一手を鋭く繰り出し堀に沈めてみせるが――。
さ-63-16

佐伯泰英
鼠異聞　上下
新・酔いどれ小籐次（十七・十八）
「貧しい家に小銭を投げ込む」奇妙な事件が続く中、高尾山薬王院へ紙を納める久慈屋の旅に、息子の駿太郎らとともに同行する小籐次。道中で、山中で、一行に危険が迫る！
さ-63-17

佐伯泰英
青田波
新・酔いどれ小籐次（十九）
「幼女好み」の卑劣な男から、盲目の姫君を救ってほしい。小籐次に助けを求めるのは、江戸中を騒がせるあの天下の怪盗!?　武家の官位を左右する力を持つ高家肝煎を相手にどうする。
さ-63-19

佐伯泰英
三つ巴
新・酔いどれ小籐次（二十）
小籐次の新舟「研ぎ舟蛙丸」の姿に江戸中が沸く中、悪事を重ねるニセ鼠小僧。元祖鼠小僧・奉行所・そして小籐次が、普段ならありえないタッグを組んでニセ者の成敗に乗り出す！
さ-63-20

佐伯泰英
小籐次青春抄
品川の騒ぎ・野鍛冶
豊後森藩の厩番の息子・小籐次は野鍛冶に婿入りしたかつての悪仲間を手助けに行くが、その村がやくざ者に狙われているのを知り一計を案じる。若き日の小籐次の活躍を描く中編二作。
さ-63-50

佐伯泰英
御鑓拝借（おやりはいしゃく）
酔いどれ小籐次（一）決定版
森藩への奉公を解かれ、浪々の身となった赤目小籐次、四十九歳。胸に秘する決意、それは旧主・久留島通嘉の受けた恥辱をすすぐこと。仇は大名四藩。小籐次独りの闘いが幕を開ける！
さ-63-51

（　）内は解説者。品切の節はご容赦下さい。

佐伯泰英
意地に候
酔いどれ小籐次（二）決定版

御鑓拝借の騒動を起こした小籐次は、久慈屋の好意で長屋に居を定め、研ぎを仕事に新たな生活を始めた。だが威信を傷つけられた各藩の残党は矛を収めていなかった。シリーズ第2弾！

さ-63-52

佐伯泰英
寄残花恋（のこりはなよするこい）
酔いどれ小籐次（三）決定版

小金井橋の死闘を制した小籐次は、生涯追われる身になったと悟り甲斐国へ向かう。だが道中で女密偵・おしんと知り合い、ともに甲府を探索することに。新たな展開を見せる第3弾！

さ-63-53

佐伯泰英
一首千両
酔いどれ小籐次（四）決定版

鍋島四藩の追腹組との死闘が続く小籐次だったが、さらに江戸の分限者たちが小籐次の首に千両の賞金を出し、剣客を選んで襲わせるという噂が…。小籐次の危難が続くシリーズ第4弾！

さ-63-54

佐伯泰英
孫六兼元
酔いどれ小籐次（五）決定版

久慈屋の依頼で芝神明の大宮司を助けることになった小籐次。社殿前の賽銭箱に若い男が剣で串刺しにされ、死んでいたという。大宮司は、小籐次に意外すぎる秘密を打ち明けた——。

さ-63-55

佐伯泰英
騒乱前夜
酔いどれ小籐次（六）決定版

自ら考案した行灯づくりの指南に水戸に行くことになった小籐次。だがなぜか、同行者の中に探検家・間宮林蔵の姿が。幕府の密偵との噂もある彼の目的は何なのか？　シリーズ第6弾！

さ-63-56

佐伯泰英
子育て侍
酔いどれ小籐次（七）決定版

刺客、須藤平八郎を討ち果たし、約定によりその赤子、駿太郎を引き取った小籐次。周囲に助けられ〝子育て〟に励む小籐次だったが、駿太郎の母と称する者の影が見え隠れし始め……。

さ-63-57

佐伯泰英
竜笛嫋々（りゅうてきじょうじょう）
酔いどれ小籐次（八）決定版

おりょうに持ち上がった縁談。だがおりょうは不安を小籐次に吐露する。相手の男の周りは不穏な噂が絶えない。そして、おりょうの突然の失踪——。想い人の危機に、小籐次どう動く？

さ-63-58

（　）内は解説者。品切の節はご容赦下さい。

佐伯泰英
春雷道中
酔いどれ小籐次（九）決定版

行灯の製作指南と、久慈屋の娘と手代の結婚報告のため水戸に向かった小籐次一行。だが密かに久慈屋の主の座を狙っていた番頭が、あろうことか一行を襲撃してくる。シリーズ第9弾！

さ-63-59

佐伯泰英
薫風鯉幟（くんぷうこいのぼり）
酔いどれ小籐次（十）決定版

野菜売りのうづが姿を見せず、心配した小籐次が在所を訪ねると、彼女に縁談が持ち上がっていた。良縁かと思いきや、相手は厄介な男のようだ。窮地に陥ったうづを小籐次は救えるか？

さ-63-60

佐伯泰英
偽小籐次
酔いどれ小籐次（十一）決定版

小籐次の名を騙り、法外な値で研ぎ仕事をする男が現れた！その男の正体を探るため小籐次は東奔西走するが、裏には予想外の謀略が……。真偽小籐次の対決の結末はいかに!?

さ-63-61

佐伯泰英
杜若艶姿（とじゃくあですがた）
酔いどれ小籐次（十二）決定版

当代随一の女形・岩井半四郎から芝居見物に誘われた小籐次は、束の間の平穏を味わっていた。しかしそれは長く続かず、久慈屋に気がかりが出来。さらに御鑓拝借の因縁が再燃する。

さ-63-62

佐伯泰英
野分一過（のわきいっか）
酔いどれ小籐次（十三）決定版

野分が江戸を襲い、長屋の住人達は避難を余儀なくされた。そのさ中、小籐次は千枚通しで殺された男を発見。その後、同じ手口で殺された別の男も発見され、事態は急変する……。

さ-63-63

佐伯泰英
冬日淡々
酔いどれ小籐次（十四）決定版

小籐次は深川惣名主の三河蔦屋に請われて、成田山新勝寺詣でに同道することに。だが物見遊山に終わるわけはなく、一行を付け狙う賊徒に襲われる。賊の正体は、そして目的は何か？

さ-63-64

佐伯泰英
新春歌会
酔いどれ小籐次（十五）決定版

師走、小籐次は永代橋から落ちた男を助ける。だが男は死に、謎の花御札が残された。探索を始めた小籐次は、正体不明の武家に待ち伏せされる。背後に蠢く、幕府をも揺るがす陰謀とは？

さ-63-65

（　）内は解説者。品切の節はご容赦下さい。

佐伯泰英
旧主再会
酔いどれ小籐次（十六）決定版
旧主・久留島通嘉に呼び出された小籐次は、思いがけない依頼を受ける。それは松野藩藩主となった若き日の友の窮地を救うことだった。旧主と旧友のために、小籐次は松野へ急ぐ。
さ-63-66

佐伯泰英
祝言日和
酔いどれ小籐次（十七）決定版
公儀の筋から相談を持ちかけられた小籐次。御用の手助けは控えたかったが、外堀は埋められているようだ。久慈屋のおやえと浩介の祝言が迫るなか、小籐次が巻き込まれた事件とは？
さ-63-67

佐伯泰英
政宗遺訓
酔いどれ小籐次（十八）決定版
長屋の空き部屋から金無垢の根付が見つかった。歴代の持ち主は小籐次ゆかりのお大尽を始め有名人ばかり。お宝をめぐって長屋の住人からお殿様まで右往左往の大騒ぎ、決着はいかに？
さ-63-68

佐伯泰英
状箱騒動
酔いどれ小籐次（十九）決定版
水戸へ向かった小籐次は、葵の御紋が入った藩主の状箱が奪われるという事件に遭遇する。葵の御紋は権威の証。誰が何のためにやったのか？　書き下ろし終章を収録、決定版堂々完結！
さ-63-69

佐伯泰英
奈緒と磐音
居眠り磐音
〝居眠り磐音〟が帰ってきた！　全五十一巻で完結した平成最大の人気シリーズが復活。夫婦約束した磐音と奈緒の幼き日々から悲劇の直前までを描き、万感胸に迫るファン必読の一冊。
さ-63-70

佐伯泰英
武士の賦
新・居眠り磐音
〝でぶ軍鶏〟こと重富利次郎、朋輩の松平辰平、そして雑賀衆女忍びだった霧子。佐々木道場の門弟で、磐音の弟妹ともいうべき若者たちの青春の日々を描くすがすがしい連作集。
さ-63-71

佐伯泰英
初午祝言
新・居眠り磐音
品川柳次郎とお有の祝言を描く表題作や、南町奉行所与力の笹塚孫一が十七歳のとき謀略で父を失った経緯を描く「不思議井戸」など、磐音をめぐる人々それぞれの運命の一日。
さ-63-72

（　）内は解説者。品切の節はご容赦下さい。

佐伯泰英
おこん春暦
新・居眠り磐音

母を病で亡くしたばかりのおこん十四歳。父の金兵衛と二人で住む長屋に下野国から赤子を抱いた訳ありの侍夫婦が流れ着く。やがて今津屋に奉公に行くまでを描く〝今小町〟の若き日。

さ-63-73

佐伯泰英
幼なじみ
新・居眠り磐音

深川の唐傘長屋で身内同然に育った幸吉とおそめ。磐音の長屋暮らしの師匠・幸吉はやがて鰻処宮戸川に奉公、おそめも縫箔師を目指し弟子入りする。シリーズでも人気の二人の成長物語。

さ-63-74

佐伯泰英
陽炎ノ辻
居眠り磐音（一）決定版

豊後関前藩の若き武士三人が、帰着したその日に、互いを斬る窮地に陥る。友を討った哀しみを胸に江戸での浪人暮らしを始めた坂崎磐音は、ある巨大な陰謀に巻き込まれ……。

さ-63-101

佐伯泰英
寒雷ノ坂
居眠り磐音（二）決定版

江戸・深川六間堀の長屋。浪々の身の磐音は糊口をしのぐべく、鰻割きと用心棒稼業に励む最中、関前藩勘定方の上野伊織と再会する。藩を揺るがす疑惑を聞いた磐音に不穏な影が迫る。

さ-63-102

佐伯泰英
花芒ノ海
居眠り磐音（三）決定版

深川の夏祭りをめぐる諍いに巻き込まれる磐音。国許の豊後関前藩では、磐音と幼馴染みたちを襲った悲劇の背後にうごめく陰謀がだんだんと明らかになる。父までもが窮地に陥り……。

さ-63-103

佐伯泰英
雪華ノ里
居眠り磐音（四）決定版

豊後関前藩の内紛終結に一役買った磐音だが、許婚の奈緒の姿がない。病の父親のため自ら苦界に身を落としたという。秋深まる西国、京都、金沢。磐音を待ち受けるのは果たして——。

さ-63-104

佐伯泰英
龍天ノ門
居眠り磐音（五）決定版

吉原入りを間近に控えた奈緒の身を案じる磐音は、その身に危険が迫っていることを知る。花魁道中を密かに見守る決意を固める磐音。奈緒の運命が大きく動く日、彼女に刃が向けられる！

さ-63-105

（　）内は解説者。品切の節はご容赦下さい。

佐伯泰英
雨降ノ山
居眠り磐音（六）決定版
磐音の用心棒稼業は貧乏暇なし。婀娜っぽい女を助けて騒動に巻き込まれる。盛夏、今津屋吉右衛門の内儀お艶の病気平癒を祈るため、大山寺詣でに向かう一行に不逞の輩が襲い掛かる！
さ-63-106

佐伯泰英
狐火ノ杜
居眠り磐音（七）決定版
おこんの慰労をという今津屋の心遣いで、紅葉狩りへと出かけた磐音たち。しかし、狼藉を働く直参旗本たちに出くわす。後日、狐火見物に出かけた折にもおこんの身に危険が迫り……。
さ-63-107

佐伯泰英
朔風ノ岸
居眠り磐音（八）決定版
新年早々、磐音は南町奉行所与力の笹塚孫一に乞われ、名立たる商人一家の毒殺事件の探索に助勢する。一方で、蘭医・中川淳庵の命を狙う破戒僧の一味との対決の時が迫っていた……。
さ-63-108

佐伯泰英
遠霞ノ峠
居眠り磐音（九）決定版
吉原遊女三千人の頂に立つ新たな太夫を客たちが選ぶ催しが行われることに。花魁・白鶴となったかつての許婚・奈緒の名が「松の位」の有力な候補として噂され、磐音の心を騒がせる。
さ-63-109

佐伯泰英
朝虹ノ島
居眠り磐音（十）決定版
見世物一座の美人姉妹の妹の捜索で、思わぬ失態を演じた磐音。熱海の石切場を巡見する今津屋一行に友人の柳次郎と同行、普請奉行の素行を疑い、探索する中、柳次郎が行方不明に……。
さ-63-110

佐伯泰英
無月ノ橋
居眠り磐音（十一）決定版
研ぎに出していた備前包平を受け取りに研ぎ師のもとを訪ねた磐音。そこには徳川家に不吉をもたらすとされる勢州村正を正宗と改鑿して持ち込もうとする大身旗本用人の姿があった。
さ-63-111

佐伯泰英
探梅ノ家
居眠り磐音（十二）決定版
今津屋老分番頭の由蔵に乞われ、磐音は鎌倉へ同道する。主人吉右衛門の後添えに迎えたいと、小田原宿の小清水屋の娘お香奈と対面を果したが、翌朝、お香奈は姿をくらませて……。
さ-63-112

文春文庫　佐伯泰英の本

（　）内は解説者。品切の節はご容赦下さい。

佐伯泰英
残花ノ庭
居眠り磐音（十三）決定版

日光社参の勘定を担う両替商・今津屋からある提案を持ちかけられた磐音。一方、将軍家にも麻疹の患者が出るが、阿蘭陀商館付の医師は、反対派の妨害で城中での診察がかなわない。

さ-63-113

佐伯泰英
夏燕ノ道
居眠り磐音（十四）決定版

将軍家治の日光社参に供奉する今津屋一行とともに江戸を出立する磐音。実は、将軍家世嗣・家基の影警護の密命を帯びていた。襲い来る下忍衆を操る幕閣の権力者。磐音の豪剣が唸る！

さ-63-114

佐伯泰英
驟雨ノ町
居眠り磐音（十五）決定版

磐音の父・正睦は、城中で催された猿楽見物に異例の招きを受ける。磐音の江戸での暮らしを思う正睦だが、おこんとその父との対面の帰路、刺客に狙われる。磐音は父を護れるのか!?

さ-63-115

佐伯泰英
螢火ノ宿
居眠り磐音（十六）決定版

白鶴太夫こと奈緒が身請けされることになり、それを阻止せんと不穏な動きがあることを磐音は知る。やがて罪なき禿が殺された。昔日の許婚が無事に旅立てるよう、磐音は吉原へ急ぐ！

さ-63-116

佐伯泰英
紅椿ノ谷
居眠り磐音（十七）決定版

今津屋吉右衛門の祝言の日を迎え、花嫁行列先導の大役を果たした磐音。和やかな祝言から暫くし、奥向き女中のおこんの異変に気付く。医師らに相談した磐音はある決意を固め……。

さ-63-117

佐伯泰英
捨雛ノ川
居眠り磐音（十八）決定版

縫箔職人を目指すおそめに、幸吉の胸は騒ぐ。師範の本多鐘四郎は突然の縁談話に、昔の幼馴染みの顔が浮かぶ。想いが交錯する春。彼らの幸せを願い奔走する磐音を謎の武術家が襲う！

さ-63-118

佐伯泰英
梅雨ノ蝶
居眠り磐音（十九）決定版

改築された佐々木道場の柿落しが近づき、祝いを思案する今津屋。一方、町奉行所からは、島抜けした咎人の情報が寄せられる。そんな中、何者かに襲われた磐音が深手を負い……。

さ-63-119

（　）内は解説者。品切の節はご容赦下さい。

佐伯泰英
野分ノ灘
居眠り磐音（二十）決定版
佐々木道場の跡目を継ぐため、鰻割きを辞し、金兵衛長屋を引き払った磐音の前に、刺客が立ち塞がる。磐音を亡き者にせんとする幕閣の有力者の差し金か!? 新たな闘いの幕が開く。
さ-63-120

佐伯泰英
鯖雲ノ城
居眠り磐音（二十一）決定版
磐音とおこんは、危難に満ちた船旅を経て豊後関前藩へと辿り着く。藩政改革の犠牲となった磐音の幼馴染みたちの墓参りへ向かう二人。そこは、関前城下からは離れた山寺であった。
さ-63-121

佐伯泰英
荒海ノ津
居眠り磐音（二十二）決定版
豊後関前を後にした坂崎磐音とおこん。訪れた博多で、武芸者に囲まれた若侍と武家の娘を助けるが……。そのころ江戸では、お家廃絶の危機に瀕した品川柳次郎が思わぬ人と再会する。
さ-63-122

佐伯泰英
万両ノ雪
居眠り磐音（二十三）決定版
磐音とおこんの帰りを待つ江戸。南町奉行所の笹塚孫一は、六年前に苦い思いを味わわされることになった男が島抜けしたと報せを受ける。磐音不在の窮地を笹塚は乗り越えられるのか？
さ-63-123

佐伯泰英
朧夜ノ桜
居眠り磐音（二十四）決定版
尚武館佐々木道場に大薙刀を引っ提げた道場破りが現れる。磐音はこれを難なく撃退するが、襲い来る手練の刺客は後を絶たない。おこんとの祝言を間近に控えた磐音は、一計を案じる。
さ-63-124

佐伯泰英
白桐ノ夢
居眠り磐音（二十五）決定版
尚武館で朝稽古に励む磐音を元師範の依田鐘四郎が訪ねる。徳川家基からの言伝を聞いた磐音は、約定を果たすためにある策を練る。しかし、西の丸には不穏な影が忍び寄り……。
さ-63-125

佐伯泰英
紅花ノ邨
居眠り磐音（二十六）決定版
かつての許婚・奈緒が身請けされた紅花問屋前田屋が、取り潰しの危機に瀕しているとの一報を受けた磐音は、出羽山形へと急ぐ。山形藩内の対立の渦中で、身を隠した奈緒を救えるのか。
さ-63-126

文春文庫　佐伯泰英の本

（　）内は解説者。品切の節はご容赦下さい。

佐伯泰英
石榴ノ蠅
居眠り磐音（二十七）決定版

出羽山形からの帰路、俄雨の宿場で磐音は追手に襲われた若侍を助ける。江戸に戻ると御典医の桂川から家基の要望がもたらされるが、そこにも田沼派の黒い影が。磐音が取った策とは？

さ-63-127

佐伯泰英
照葉ノ露
居眠り磐音（二十八）決定版

磐音は、南町奉行所同心・木下一郎太の相談を受ける。ある旗本家で、主人が刺殺され妻と奉公人が逐電したという。弱冠十三歳の遺子の仇討ちに助勢するため、磐音は一郎太と旅に出る。

さ-63-128

佐伯泰英
冬桜ノ雀
居眠り磐音（二十九）決定版

千鳥ヶ淵一番町にある高家の屋敷へおこんらを伴って冬桜見物に出かけた磐音は、門前で騒動に出くわす。一方、尚武館には見目麗しい孫娘に手を引かれた盲目の老剣客がやってきて……。

さ-63-129

佐伯泰英
侘助ノ白
居眠り磐音（三十）決定版

年の瀬、武芸者が尚武館を訪れる。六尺棒を操る槍折れ術の手練れだが、筑前訛りで愛嬌ある男に磐音は……。一方、高知城下に着いた門弟の利次郎は、父が襲われ、窮地に立たされていた。

さ-63-130

佐伯泰英
更衣ノ鷹　上下
居眠り磐音（三十一・三十二）決定版

小正月を迎えた江戸。鵜飼百助を訪ね、愛刀の備前包平を研ぎに出した帰り道、両国橋に差し掛かった磐音は妖気に包まれ、襲撃を受ける。家基の命を狙う勢力がその牙を露わに襲い来る！

さ-63-131

佐伯泰英
孤愁ノ春
居眠り磐音（三十三）決定版

尚武館を追われ、小梅村の今津屋御寮でひっそりと暮らす磐音とおこん。ここにも田沼一派の厳しい監視の眼がつきまとい、二人を案じる人々も近づくことすらできない日々が続いて……。

さ-63-133

佐伯泰英
尾張ノ夏
居眠り磐音（三十四）決定版

江戸を離れた磐音は、名を偽り、尾張名古屋に身を寄せた。老舗呉服屋に難癖をつける巨漢の武士を追い払い、大番頭・三郎清定から信を得たが、剣の腕前ゆえに正体を疑われてしまう。

さ-63-134

（　）内は解説者。品切の節はご容赦下さい。

佐伯泰英
姥捨ノ郷
居眠り磐音（三十五）決定版

身分を隠して清水平四郎と名乗り、尾張藩で過ごす磐音と身重のおこんの前に、田沼一派の刺客が姿を現し、磐音らはさらなる逃避行を決意する。霧子の案内で、目指した隠れ里とは……。

さ-63-135

佐伯泰英
紀伊ノ変
居眠り磐音（三十六）決定版

紀州姥捨の郷で、磐音とおこんは生まれたばかりの空也と束の間の安息を得た。だが、郷に暮らす雑賀衆の生活の糧である丹の鉱脈に、幕府の手が迫る。隠れ里を守るために、磐音が立つ！

さ-63-136

佐伯泰英
一矢ノ秋
居眠り磐音（三十七）決定版

旅の空にある磐音らの無事を祈りながら暮らす江戸の面々。品川柳次郎は磐音からの書状が届いたことを聞くのだが、その帰路、尚武館佐々木道場が取り壊される現場を目の当たりにする。

さ-63-137

佐伯泰英
東雲ノ空
居眠り磐音（三十八）決定版

磐音とおこんは、三年余の流浪の旅から江戸に戻ってきた。田沼一派の警戒を潜り抜け辿り着いた小梅村で、磐音たちは思いがけない再会を果たすが、忍び集団が密かに迫っていた……。

さ-63-138

佐伯泰英
秋思ノ人
居眠り磐音（三十九）決定版

甲府勤番支配の任を解かれ、重職である奏者番に就くことになった速水左近。しかし、江戸への道中には田沼一派の苛烈な妨害が待っていた。亡き養父の友のため、磐音は甲州道中を急ぐ！

さ-63-139

佐伯泰英
春霞ノ乱
居眠り磐音（四十）決定版

磐音は、関前藩留守居役兼用人の中居半蔵から、父で国家老の正睦が藩物産取引で不正を働いた疑いがあると告げられる。探索に手を貸すことになった磐音の前に現れた意外な人物とは。

さ-63-140

佐伯泰英
散華ノ刻
居眠り磐音（四十一）決定版

関前藩から密かに上府した、磐音の父で国家老の正睦。孫の空也らと過ごす時に癒されながらも、胸には藩主の命を秘めていた。磐音は関前藩江戸屋敷を訪ねるが、そこで会ったのは……。

さ-63-141

（　）内は解説者。品切の節はご容赦下さい。

佐伯泰英
木槿ノ賦
居眠り磐音（四十二）決定版

江戸入りした関前藩主・福坂実高を出迎えた磐音は、次期藩主の俊次に剣術の弟子入りを志願される。一方、関前への帰途についた父・正睦を磐音は追う。親子には訪ねるべき人がいた。

さ-63-142

佐伯泰英
徒然ノ冬
居眠り磐音（四十三）決定版

田沼一派の毒矢に射られた霧子は未だ目を覚まさない。回復を祈る磐音らは、霧子を小梅村にある尚武館道場の長屋へと迎える。門弟たちの稽古の声が響く地で、懸命の看護が続くが……。

さ-63-143

佐伯泰英
湯島ノ罠
居眠り磐音（四十四）決定版

田沼父子を告発する「闇読売」を、佐野政言がばら撒こうとしている――。読売屋から聞いた磐音は一計を案じる。その頃、山形では、紅花商人の夫の急逝で、奈緒が窮地に陥っていた。

さ-63-144

佐伯泰英
空蟬ノ念
居眠り磐音（四十五）決定版

小梅村の尚武館坂崎道場に老武芸者がやってくる。直心影流で修行を積んだという男は磐音との真剣勝負を望むが、松平辰平が対戦する。その辰平は、待ち人の江戸到着を知るが……。

さ-63-145

佐伯泰英
弓張ノ月
居眠り磐音（四十六）決定版

天明四年三月。磐音に霧子の急報がもたらされる。田沼意次父子を深く恨む佐野政言が、松平定信から借り受けた一振りの刀を帯びて登城した――。江戸を揺るがす運命の日が始まった！

さ-63-146

佐伯泰英
失意ノ方
居眠り磐音（四十七）決定版

城中での刃傷騒ぎの果てに田沼意知が落命した。この事態に磐音は深い迷いの中にあり、通いの門弟への稽古も中断していた。一方、弥助は窮地にある奈緒を案じ、出羽山形を目指すが……。

さ-63-147

佐伯泰英
白鶴ノ紅
居眠り磐音（四十八）決定版

老中田沼意次が頼みとする将軍家治が病に倒れた。田沼を葬ろうと御三家らが動き出したが、磐音は静観を決め込む。そんな折に、奈緒の「最上紅前田屋」が浅草寺門前に開店して……。

さ-63-148

文春文庫　佐伯泰英の本

（　）内は解説者。品切の節はご容赦下さい。

佐伯泰英
意次ノ妄
居眠り磐音（四十九）決定版

九歳になった、磐音の嫡男・空也が稽古に励む尚武館道場を、速水左近が訪れ、田沼意次の死を告げる。穏やかな日々が訪れるかと思われたが、磐音は新たな懸念を門弟たちに明かし……。

さ-63-149

佐伯泰英
竹屋ノ渡
居眠り磐音（五十）決定版

小梅村に、嫡子空也と共に目通りせよとの将軍家斉からの命が届く。政と距離を置いてきた磐音も、登城の覚悟を決める。そして、真剣勝負を願う老剣術家との最後の戦いの時が迫っていた。

さ-63-150

佐伯泰英
旅立ノ朝
居眠り磐音（五十一）決定版

寛政七年仲夏、磐音一家は父で国家老の正睦を見舞うため、故郷の豊後関前藩への里帰りを果たす。磐音は、関前藩にまたもや新たな病巣が生じたことを知り……。全五十一巻、堂々の完結！

さ-63-151

佐伯泰英
声なき蟬
空也十番勝負（一）決定版（上下）

若者は武者修行のため〝異国〟薩摩を目指す。名を捨て、無言の行を己に課す若者を、国境を守る影の集団「外城衆徒」が襲う！「居眠り磐音」に続く「空也十番勝負」シリーズ始動。

さ-63-161

佐伯泰英
恨み残さじ
空也十番勝負（二）決定版

薩摩を発ち、人吉城下へと戻った空也は、タイ捨流丸目道場で稽古に励んでいた。しかし、空也に斃された薩摩東郷示現流の酒匂兵衛入道の仇討ちを企てる一派がその身を密かに狙い……。

さ-63-163

佐伯泰英
剣と十字架
空也十番勝負（三）決定版

五島列島の福江島に辿り着いた空也。唐人相手の抜け荷交易に用心棒として同行し、唐人武闘家との勝負にのぞむ。やがて薩摩東郷示現流一派が迫り、さらに中通島へと向かうのだが……。

さ-63-164

佐伯泰英
異郷のぞみし
空也十番勝負（四）決定版

眉月に縁のある高麗の陸影を望む対馬におりたった空也。坂崎磐音の嫡子だと知った対馬藩の重臣は、藩士達への剣術指導を請う。さらに、朝鮮の剣術家との立ち合いを提案されるが……。

さ-63-165

文春文庫　最新刊

一人称単数　村上春樹
各々まったく異なる八つの短篇小説から立ち上がる世界

名残の袖　仕立屋お竜　岡本さとる
「地獄への案内人」お竜が母性に目覚め…シリーズ第3弾

夜の署長3　潜熱　安東能明
病院理事長が射殺された。新宿署「裏署長」が挑む難事件

武士の流儀（八）　稲葉稔
清兵衛が何者かに襲われた。翌日、近くで遺体が見つかり…

セイロン亭の謎　平岩弓枝
セレブ一族と神戸の異人館が交錯。魅惑の平岩ミステリー

オーガ（ニ）ズム　上下　阿部和重
米大統領の訪日を核テロが狙う。破格のロードノベル！

禿鷹狩り　禿鷹Ⅳ〈新装版〉　逢坂剛
極悪刑事を最強の刺客が襲う。禿富鷹秋、絶体絶命の危機

サル化する世界　内田樹
サル化する社会での生き方とは？　ウチダ流・警世の書！

「司馬さん」を語る　菜の花忌シンポジウム　司馬遼太郎記念財団編
司馬遼太郎生誕百年！　様々な識者が語らう「司馬さん」

もう泣かない電気毛布は裏切らない　神野紗希
俳句甲子園世代の旗手が綴る俳句の魅力。初エッセイ集

0（ゼロ）から学ぶ「日本史」講義　中世篇　出口治明
鎌倉から室町へ。教養の達人が解きほぐす激動の「中世」

人口で語る世界史　ポール・モーランド　渡会圭子訳
人口を制する者が世界を制してきた。全く新しい教養書

シベリア鎮魂歌　香月泰男の世界〈学藝ライブラリー〉　立花隆
香月の抑留体験とシベリア・シリーズを問い直す傑作！